小学館文庫

浅草ばけもの甘味祓い

～兼業陰陽師だけれど、鬼上司と同棲します!?～

江本マシメサ

小学館

小学館文庫

浅草ばけもの甘味祓い

〜兼業陰陽師だけれど、鬼上司と同棲します!?〜

江本マシメサ

小学館

目次

第一章

年明け早々、事件発生です（※ただし、私の管轄外で）

浅草で代々陰陽師《おんみょうじ》を務める家系に生まれた私、永野遥香《ながのはるか》は、昼間は会社員として働く兼業陰陽師だ。陰陽師としての実力が皆無な私は、お菓子に邪気祓《ばら》いの呪術を込めた『甘味祓い』で悪さをする怪異に立ち向かう。

そんな中で鬼の上司、長谷川正臣《はせがわまさおみ》が新しい係長として異動してきたからさあ大変。マンションのお隣さんになった彼の注意を引かないよう、こそこそしていたのに結局陰陽師だとバレてしまう。

長谷川係長からいじわるを言われたり、圧のある笑顔で責められたりと散々な目に遭ったものの、私達《たち》は現代を生きる陰陽師と鬼として手を組むこととなった。もちろん、手と手を取って仲良く、というわけではない。完全な利害の一致による同盟関係であった。

陰陽師と鬼のご縁なんて不思議だと思っていたら、なんと、私と長谷川係長は前世でも繋《つな》がりがあったらしい。

そんな事情もあってただでさえモヤモヤしていたのに、鬼退治で有名な桃太郎の生まれ変わりである後輩、桃谷絢太郎《ももたにあやたろう》が会社の同じ部署に配属されたことで、事態は混乱を極める。

なんだかんだあって、私と長谷川係長は両想いとなり――先日婚約も果たした。

両親は長谷川係長を鬼だと知りつつも、結婚することを許してくれる。永野家の親族には秘密にしてくれるらしい。

これまで起きていた不可解な事件も解決し、優しいハムスター式神達の応援も受けつつ、私と長谷川係長は交際を続けている。

穏やかな日々が続きますようにと、祈る毎日であった。

◇◇◇

今年は初めて、私の実家で長谷川係長とお正月を過ごした。永野本家に挨拶に行ったのは両親だけ。結婚報告は来年でもいいのではないかと、父が言ったのだ。

おそらく父は、本家の人々が長谷川係長を鬼だと気づくのではないかと、恐れているのかもしれない。

しかし、結婚するからには、本家での結婚報告は避けては通れない。問題を先送りしたたけではないのかと思ったものの、今回は父の言葉に従った。

初詣は人が多く行き交うため、陰陽師として割り当てられた見回りの管轄にない限りは神社や寺に近づかないようにしている。

邪気は人の悪感情から生じる。人込みはどうしても、イライラしたり、慣れない状況に不機嫌になったり、同行者と喧嘩《けんか》したりと、邪気が集まりやすい状況なのだ。結果、邪気を好む怪異を引き寄せてしまうというわけである。


ついに迎えたお正月。実家から戻ってきたあとは、のんびり過ごす。

テレビを点《つ》けたら浅草寺《せんそうじ》からのテレビ中継が放送されていた。まともに身動きが取れないほどの人、人、人である。

「うわー、すごい人出だ」

私の感想に、一緒にテレビを観《み》ていた私の式神ハムスター、ジョージ・ハンクス七世が言葉を返す。

『お前、ここの地域担当じゃなくて、よかったな』

「本当にそう思うよ」

浅草寺がある辺りは、永野家でもエリート中のエリート陰陽師が担当する。年末年始の中での怪異退治もお手の物、というわけなのだろう。

「小さいころから、年末年始は浅草寺に近づくなって、お父さんから言われていたなー」

『あの親父《おやじ》、どん引くくらい用心深いからなー』

ただ、陰陽師としては極めて慎重な父のおかげで、子ども時代の私は騒動に巻き込まれることなく、今も平和に陰陽師を続けられているのかもしれない。その辺は、感謝しかない。

『しかし、人間共は本当に浅草寺が好きだな』

「だね。浅草寺に初詣に行くと、お正月を迎えたって気持ちになるから」

なんて話しながら中継を見ていたら、驚きの光景を目にしてしまう。

レポーターの背後を歩いていた二十代前半くらいの男性が、急に倒れたのだ。

「え、う、嘘《うそ》！」

『うわ、大丈夫なのか？』

すぐに周囲の人達が駆け寄って、介抱しているようだった。当然ながら中継は中断され、スタジオの映像になる。

『遥香、さっきの、邪気の影響じゃないよな？』

「違う。ぜんぜん邪気を発していなかったし」

人込みで具合が悪くなってしまったのか。除夜の鐘を聞いたあと、明け方までお正月特番を見て、十分に睡眠を取らない状態で初詣に向かう人もいるという。万全の調子ではないため、体調不良を訴える人も少なくないようだ。

「お正月ってなんだかワクワクして、ついつい羽目を外してしまうこともあるけれど、出かけるときは気を付けなければいけないよね」

『餅の食い過ぎにも注意だな!』

「そうだね」

餅といえば実家に行ったときに、母方の祖父母が搗《つ》いた丸餅を貰《もら》ったのだ。

なんでも今年、祖父母宅に自動餅つき器がやってきたそうで、大量生産が可能となったらしい。一口大に丸められた紅白の丸餅は、これでもかとめでたい雰囲気を漂わせていたが、この辺では角餅ばかりなので、なんとも不思議な気持ちがわき上がる。

その丸餅でお雑煮、ぜんざい、磯辺《いそべ》焼きにおろし餅、ベーコンチーズ餅と、餅のフルコースをこれでもかと味わった。

母の、なんとしても貰った餅を若者に消費させようという気迫が伝わった。だけど、私だけならまだしも、それに長谷川係長を付き合わせるなんて……。さすがの父も呆《あき》れていた。長谷川係長は「餅は大好物なので、嬉《うれ》しいです」なんて言っていたが、本当かはわからない。気を遣って口にした可能性もあるのに、土産にひとり二十個も持たせてくれた。

いったいいくつ貰っていたのか。怖くて聞けなかった。

手作り餅は冷蔵庫で二週間、冷凍庫で半年ほど持つ。だが、冷凍庫に入れた餅は正月以外であまり食べることはなく、あとから発掘されることが多かった。

今回はせっかく祖父母が搗いてくれたお餅だ。すべておいしく調理したい。

そんなわけで、おやつにお餅をいただこう。王道の餅料理はお昼に実家で食べてきたばかりなので、ちょっと珍しいものに挑戦してみたい。

台所に立ってエプロンをかける。すると、ジョージ・ハンクス七世がひょっこり顔を覗《のぞ》かせた。

『おい、遥香。餅で何を作るんだ？』

「モッフルだよ」

『モッフル？　なんじゃそりゃ』

餅を調理して作るワッフル、略してモッフルだ。

作り方は簡単。ワッフルメーカーに餅を入れてスイッチを押すだけ。すると、餅がワッフル生地のようにモコモコと膨らむのだ。

「というわけで、モッフルを作ります！」

まずは水を張った耐熱皿に餅を浮かべて四十秒ほどレンジで温める。次に少しふやけた餅を、ワッフルメーカーにセットする。小さめの餅なので、ふたつ並べることにした。

片方は白、片方は紅《あか》の餅を置いて蓋を閉める。待つこと三分——モッフルの完成だ。紅色のモッフルはピンク色の、可愛《かわい》い色合いのモッフルになっていた。白いほうも、なんだか愛らしく見えてくる。

紅色のほうは、明太子《めんたいこ》とマヨネーズを和《あ》えたソースに小口切りにしたネギを散らしておく。明太マヨモッフルの完成である。

モッフルは餅なので、しょっぱい系の味付けとの相性も抜群なのだ。

続いて白いほう。カットしたバナナとチョコレートアイスをトッピングしたあと、チョコレートソースと生クリームを絞る。台所で育てているミントを添えたら、チョコバナナモッフルの完成だ。

「できた！」

今だけは、カロリーなんて考えてはいけない。ぞんぶんに味わうことが、餅への敬意だろう。

まずは、チョコバナナモッフルからいただく。

ナイフで切り分け、モッフルにチョコアイスとバナナ、生クリームを添えて頬張る。

モッフルの外側はカリカリ、中はもっちり。普通のワッフルにはない香ばしさと食感が特徴だろう。これがチョコレートやアイス、バナナとよく合うのだ。お口の中は瞬く間に幸せでいっぱいになった。

ぺろりと平らげ、続けて明太マヨモッフルをいただく。

甘いもののあとには、しょっぱいものだろう。こちらは四等分にカットしておいたので、トーストのように手で摑《つか》んで頬張る。

明太マヨは濃厚。ネギが味わいを引き締めてくれる。

「うう、おいしい……！」

あっという間に食べつくしてしまった。

お腹《なか》いっぱいになったので、今日はここまでにしよう。

ちなみに、モッフルアレンジは他にもいろいろある。半分にカットした餅にキャラメルを挟んで焼いたキャラメルモッフルに――甘辛醬油《しょうゆ》ダレを絡めたみたらしモッフル――チーズ、ベーコン、仕上げにケチャップをかけるピザ風モッフルなど、アイデアの数だけ楽しめるのだ。

他にも、キムチ鍋やお雑煮、ぜんざいに入れてもおいしい。

餅をいくつも食べるのは大変だけれど、モッフルにしたらペロリと完食してしまうので不思議なものだ。

しかしながら、ふいに正月太り――という世にも恐ろしい言葉が脳裏を過《よぎ》る。

今からウォーキングに行こうか。などと呟《つぶや》いていたら、ジョージ・ハンクス七世が意見する。

『遥香、正月は余計なことをせずに、家でのんびりしているほうがいいんだよ。普段と違う人の流れがあるだろうから、変な事件にも巻き込まれやすいだろうし』

「言われてみたらそうかも」

ジョージ・ハンクス七世の指摘する通りだ。人出が落ち着くまで、家でのんびり過ごすのが一番なのかもしれない。

うちの会社は一月七日まで休みという、他の企業よりもお正月休みが多い体制だ。というのも、創業者の孫の誕生日が一月六日と七日で、お祝いしたいからという理由らしい。

孫が大好きな創業者のおかげで、ゆっくり過ごせるのである。

それからだらだらのんびり過ごす。初売りはネットで済ませ、外にはいっさい出ないという引きこもりライフを堪能していた。


あっという間に三が日が過ぎ、四日のお昼に長谷川係長の家に招待された。

「そういえば永野さん、行きたい場所、思いついた？」

実家に行った帰り、会社が始まる前にデートに行こうという話をしていたのだ。

長谷川係長手製の昼食を一緒に食べながら、どうしようかと話し合う。

ちなみに、昼食は長谷川係長特製のボンゴレビアンコ。あまりにもおいしくて、レシピを聞き出してしまった。

「それで、どうする？」

「できたら近場で、静かなところがいいのですが」

お正月を過ぎても、この辺りは観光客で賑《にぎ》わっている。落ち着いたデートを、近場でやろうというのは無理な話なのかもしれないが。

「パッと思い浮かんだのはすみだ水族館とプラネタリウム天空なんですけれど、デートと観光の定番なので人が多いんですよね」

「その辺りだったら、郵政博物館とかもあるけれど」

「し、渋い……！」

博物館デート、いいかもしれない。そう思った瞬間、長谷川係長が「郵政博物館はソラマチにあるから、行くまでに混雑に巻き込まれるかも」と呟く。

「隅田川沿いにあるカフェで、のんびり景色を眺めながら甘い物を食べるとか？」

「いいですねえ」

「ホテルのレストラン&バーみたいなところのカフェタイムだったら、そこまで人も多くないと思う」

長谷川係長がネットでいろいろ調べていたら、ちょうど運よくテレビで浅草観光する特番が放送されるようだ。テレビを点けたが、まだ番組は始まっていない。お昼のニュースが流れていた。

映された映像が見知った場所だったので、ギョッとする。テロップには、『東京下町連続昏倒《こんとう》事件』と書かれてあった。

「え、何これ!?」

「これ、昨日も報じられていたんだけれど」

「そうだったんですか!?」

このところ、お正月特番ばかりでニュースを見過ごしていたようだ。普段だったら、毎日チェックしているのに。

なんでも一月一日から連続して、道ばたで急に人が倒れる事件が発生しているらしい。救急搬送されるものの、原因は不明。すぐに目覚めることはなく、こんこんと眠り続けるようだ。一月一日に倒れた人は丸二日間昏睡状態だったものの、今日の朝に意識が戻ったという。明日にでも退院するようだが、他の人も同じような症状が出ているので油断ならない状況だ。

「原因不明の昏倒事件なんて、怪異の仕業としか思えないんだけれど」

同意したものの、引っかかる点もある。

「そういえば、一日のテレビの中継先で倒れた人を見たんです。とてつもない人込みだったので、もしかしたら邪気の影響かと思ったのですが、その人からは邪気は発していなくて……」

「永野さん、テレビ越しでも邪気が見えるの？」

「え？　あ、はい」

犯人の写真や、法廷画などからも邪気を感じ取れる、なんて答えたら驚かれた。いや、私の邪気感知能力はさておいて。

一月一日に倒れた人というのは、私が中継で目撃した男性だろう。けれども、邪気はなく怪異が絡んでいるようには見えなかった。

しかし、関連した事件ならば、何か同じ原因があるはずだ。

「どうしてここら一帯でだけ、起きているのでしょうか？」

そう問いかけたのと同時に、スマホが鳴って跳び上がるほど驚いた。ディスプレイを見ると、父と書かれてある。

「あ――！」

「永野さん、出たほうがいいよ」

「ですね」

なんとなく、今回の事件絡みのような気がする。父が無茶を頼んできたら、長谷川係長に突っ込んでもらおう。そう思って、スピーカー状態にしておく。

「もしもし、お父さん？」

『遥香、今、大丈夫か？』

「うん、大丈夫」

やはり話題は、ニュースで報道された昏倒事件についてだった。

『ひとまず、該当地域の担当者が原因を探る目的で調査していたようだが、何もわからないらしい』

直接の原因になりそうな怪異の気配はなく、おかしな術式が展開されているわけでもないという。

一度手を引こうと判断したものの、御年九十にもなる曾祖母が「嫌な予感がする」と言って調査の続行を命じたらしい。

ただ、目に見える理由はないため、皆ぼやきつつ調べて回っているらしい。

「怪異の仕業じゃなかったら、何かの化学物質が散布されているとか？」

『だったら、もっと広範囲に被害者が出ているだろうが』

「だ、だよね」

一月一日から四日までの被害者の数は、十五名。そのうちの十二名は、いまだ目覚める気配がないようだ。

『年齢層も、下は二十歳、上は六十代と幅広い』

「うーん、謎が深まる」

危ないので出歩くな、という連絡だと思っていた。しかしながら、次の瞬間に想定外の要請を受ける。

『申し訳ないが、調査を手伝ってくれないだろうか？』

「え!?　お父さんかお母さんの担当する地域にも、倒れる人が出たの？」

『いいや、本家から要請があったから、遥香もどうかと思って』

そんな、バーベキューに誘うみたいに声をかけられても……。

私の陰陽師としての能力は高くない。はっきり言ったら、低スペックだ。低の中でも、下の下である。そんな私が調査に行っても、役に立つわけがない。

『七日まで休みなんだろう？』

「いや、そうだけれど。本家のエリート陰陽師が調査してわからないのに、私が調べて何かわかると思う？」

『ビギナーズラックという言葉もあるだろうが』

「ちょっ、陰陽師初心者とか酷《ひど》くない!?」

今まで口を押さえて話を聞いていた長谷川係長が、ぶはっと噴き出す。

『い、今の笑い声、誰だ!? 男だな!?』

「長谷川さんだから。お父さんが変なことを言ったら助けてもらおうと思って、スピーカーモードにしていたの」

『なっ……！　親子の会話を聞かせるとは、なんて娘なんだ！』

「すみません」

『あっ……長谷川君。すまない、いいんだ。その、気にしないでくれ』

盛大に気にしていた癖に、長谷川係長に話しかけられたらこれだ。やはり、スピーカーモードにしていて正解だった。

『そ、それで、頼まれてくれないだろうか？』

「お義父様《とうさま》、私も同行してもいいでしょうか？」

『お、お義父様……!? い、いや、長谷川君は忙しいのでは？』

「私も七日まで休みですから。協力させてください」

『あ、まあ……迷惑でないのならば』

「きちんと、遥香さんのことは守りますので」

『まさに、渡る世間に鬼はない、だな！』

「はい？」

『いや、なんでもない』

たまに父は猛烈な早口を繰り広げるときがある。娘である私はわかったものの、父初心者の長谷川係長は聞き取れなかったようだ。

長谷川係長を警戒してか、父は「あとでメールする」と宣言して電話を切った。一瞬間を置き、長谷川係長に謝った。

「いや、なんかすみません。またとんでもないことに長谷川さんを巻き込んでしまって」

「永野さんがひとりで挑んで、どこかで困った状況になるよりマシだから。よかったよ、ふたりで過ごしているときに、お義父様から電話があって」

「長谷川さんがいなくても、あとで相談するつもりでしたが」

するると、長谷川係長はじっと私を見下ろし、「さすが、いいこ」と言って頭を撫《な》でる。想定外の行動に、カッと頬が熱くなった。

「い、いいこっていう年齢でもないのですが」

「いいことというのは、全年齢に使える言葉だからね」

「そうだったんだ！」

と、ゆるい会話をしている場合ではなかった。

「それにしても、今回の事件は怪異が関係しているのでしょうか？」

「さあ、どうだろう？」

長谷川係長は、テレビを通して観ただけでは何もわからないという。

その後、ネットで詳しい状況について調べてみたものの、なんの前触れもなく突然倒れる、その後は眠るだけ、という情報しか得られなかった。

そうこうしているうちに、父からメールが届く。私達に調査してもらいたい、と指定されたのは、あまり観光客が立ち寄らない地域だった。

　明日、八時くらいから現地に向かおうと、長谷川係長と約束した。

「永野さん、調査のあとはランチでもしようか」

「あ、はい」

「あんまり乗り気じゃない？」

「いえ、そういうわけではないのですが」

　また何か大きな事件に長谷川係長を巻き込んでしまうのかもしれないと思うと、申し訳なさと不安が押し寄せてくるのだ。隠さず、正直に打ち明けた。

「永野さん、気にしすぎだよ。大丈夫だから。おいしいものを食べに外出する、くらいに思っていたらいいんじゃない？」

「そう、ですね」

　後ろ向きな考えはよくない。せっかく長谷川係長が協力してくれるのだ。気合いを入れて調査し、何か事件解明に繋がる鍵でも入手しなければならないだろう。

「永野さん、変に気負うのは禁止だからね。空回りしそうで、怖いから」

「うっ……！」

　考えていることは、長谷川係長に筒抜けだったようだ。

「俺達より知識がある永野家の上層部の人達がわからないって言っているんだから、解決できるわけないでしょう？　遠足に参加するような気持ちで、気軽に行けばいいんじゃないの？」

「そ、そうですね」

ジッと、長谷川係長が私を見つめる。何か探るような視線だったので、ついつい身構えてしまった。

「それはそうと明日、可愛い恰好《かっこう》で来てね」

「へ!?」

「楽しみだな」

「いや、ハードル上がりますって！」

いきなり何を言い出すのか。夏ならばまだしも、冬の可愛い恰好なんて思いつかない。

これまでの私は防寒を第一に、服を選んでいたのだ。

「大丈夫。永野さんはただでさえ可愛いから、服を着てマイナスになることはないって」

「いや、だったら可愛い恰好で来てって、言わなくていいような気がします」

「さらに可愛くなって、困りたいなと思って」

「普段のダサ可愛い私で我慢してください」

「ダサくないよ。いつも最高に可愛いから」

甘い声で囁《ささや》くので、言葉にできないくらい照れてしまったのは言うまでもない。

「あ、寒いの我慢して、オシャレしてくるのはダメだから。ひと目見て寒そうだと判断したときは、俺がスキーウェア買って、その場で着てもらうからね」

「うっ!!」

オシャレなスキーウェアは最近増えているけれど、私が重ね着したらダサくなるのは約束された未来だろう。

そもそも、あれは街中で着るものではない。屈辱である。絶対に、スキーウェアを着るのはイヤだ。

「明日、楽しみだな」

期待されても困るのに……。

いいや、ここで弱気になってはいけない。負けじと、私も長谷川係長に服装についてリクエストする。

「でしたら、長谷川さんも世界一カッコイイ服装で来てください」

長谷川係長は爽やかな微笑《ほほえ》みを浮かべ、余裕たっぷりに言葉を返す。

「いいけど」

いいんかい!!

なんでだろう。戦う前から負けた気がするのは……。


部屋に戻ってきたあとは、台所に立って甘味祓い用のお菓子作りをする。

もしかしたら怪異が絡んだ事件である可能性もあるため、念のために用意しておくのだ。使う材料は――祖父母が搗いた餅!

これで、あられを作る。粉砂糖で甘くするので、ひなあられと言ったほうがいいのか。

まず、餅を包丁でさいの目にカットしていく。揚げたら膨張するので、一口大よりも小さめに切るのがポイントか。

餅は熱した油の中へ。サイコロ状だった餅は、ふんわり膨らんでいく。油にぷかぷかと浮いたら、油から上げる。

油を切って粗熱を取ったあと、三色の粉砂糖をまぶす。

まずは、ピンク色のイチゴ風味のパウダーと粉砂糖を混ぜたもの。次に、抹茶と粉砂糖を混ぜたもの。最後に、シンプルな粉砂糖のみのもの。これらを袋に入れて、あられにまぶす。

たしか、ひなあられの色合いには意味があったような気がする。子どもの頃に、母方の祖母が教えてくれた。

赤は魔除《まよ》け、白は長寿、緑は厄除け――だったような。

長寿はともかくとして、魔除けと厄除けは甘味祓いに使うお菓子としてぴったりだろう。

完成したばかりのひなあられを一口。表面はカリッと香ばしく、中はサクサクとした軽い食感だ。おいしく仕上がっている。

できれば、これを使うような状況に遭遇しませんようにと祈るばかりだ。

その日の夜も、浅草の街で人が突然倒れ、意識が戻らなくなるという事件が二件も起きたらしい。テレビでは依然として、原因不明と報じられていた。

現場の映像が映し出されたものの、邪気の気配すら感じられなかった。

明日の任務は大丈夫だろうか。不安を抱えたまま、眠りに就いた。

翌日——早起きして身なりを整える。

唸《うな》りながら着ていく服を探しているところに、ジョージ・ハンクス七世がやってきた。

『おい、遥香。これから戦いにでも行くのか？』

「そう。オシャレ戦争にね……！」

『よくわからんが、まあ、ほどほどにな』

「私は勝つ……！　勝つ……!!」

『って、聞いてないな』

長谷川係長が「可愛い恰好で来てね」なんて言うものだから、なかなか決まらない。着ぶくれ上等！　みたいな暖かいけれど分厚いセーターを押しのけ、可愛く見える服がないか大捜索する。

「こ、これは——！」

一昨年の飲み会で、杉山《すぎやま》さんから「永野先輩、その服可愛いですね」と言われたジャンパースカートを発見。

たしかこれに、丸襟のニットを合わせていたような。さっそく着てみる。

「うん、暖かさは十分！」

鏡でその姿を見てみると――愕然《がくぜん》とした。

「え、どうして!?　普通にダサいんだけれど!!」

一昨年の私には似合っていたのに、今の私には似合わないとはいったい……!?

髪の色や化粧の仕方で、似合ったり似合わなくなったりするのかもしれない。

『いや、普通にいいと思うが』

「これじゃあダメなの！」

『そ、そうか』

去年のセールで入手したオーバーオールも発見した。これはマネキンが着ていて可愛かったので、ちょっぴり冒険だと思いつつも購入したものだ。

ニット帽を被《かぶ》ってパーカーに合わせると、カジュアルな可愛さを演出できる。などと作戦を立てていたのに――――!

「え、これ、芋掘りツアーに行く観光客その一だ！」

『冬の葉っぱみたいで、いいじゃないか』

「冬の葉っぱって、枯れ葉だよね？」

『ま、まあ、そうだけれど』

枯れ葉色の装いなんて、却下だ。もっとオシャレで、可愛い恰好にしなければならない。ネットで注文した初売りの服は届いていない。初売りに行けばよかったと後悔する。

『今年はなんで初売りに行かなかったんだ？』

「行こう、行こうって思っていたんだけれど、テレビを観たり、本を読んだりしていたら、外出が面倒になってね」

友達も次々と結婚し、彼氏ができ、初売りに誘ってくれなくなったのだ。悲しい現実である。なんというか、誘われたら行く、みたいな姿勢がダメなのかもしれない。来年は、勇気を振り絞って誰かを誘おう。

「こうなったら、奥の手しかない！」

向かった先は、叔母である織莉子《ゆりこ》のクローゼット。「たのもー！」と言って開けた私に、ジョージ・ハンクス七世がぼそりと突っ込む。

『デートに着ていく服に迷って織莉子の服を借りるのは、奥の手じゃなくて、いつもの手じゃないか』

ジョージ・ハンクス七世の発言は無視し、服を物色する。

叔母は三日にマンションにやってきて、初売りで買ったという服をこれでもかと置いて、私が作ったお雑煮を食べてさっさと帰った。袋や箱から出して整理整頓する代わりに、買った服はいつでも着てもいいという許可をもらっている。

まず手に取ったのは、真っ赤なレースワンピース。花模様があしらわれた、派手な一着だ。

『おい遥香。その風通しのいい服を選ぶんじゃないだろうな？』

「だって、可愛くない？」

『寒いだろうが！』

ちなみに、値札には七万円と書かれてある。可愛くないお値段だ。

「まあ、こんな真っ赤なワンピース、着こなせるとは思っていないけれどね」

『お前は、なんというか、くすんだピンクとか似合うんじゃないのか？』

「う、うん。落ち着いた色合いのほうが合うよね」

細身のシルエットになるであろうケーブルニットがあった。先ほどジョージ・ハンクス七世が言った冬の葉っぱ色だが、こちらは洗練されているように思える。

「上はこれかな。下は――」

『遥香！　ここにも冬の葉っぱ色の服があるぞ！』

ジョージ・ハンクス七世が発見したのは、瑪瑙《アガット》カラーのレザーパンツ。なかなか趣味がいい。

「茶色と茶色だけれど、いいかも！」

これに、ゴールドのネックレスを合わせたら、まとまって見えるだろう。コートだけは私物にしよう。そう思って選んだのは、紺色のピーコート。腰丈の分厚いウールのコートで、とにかく暖かいと店員さんが言ったので思わず買った一着だ。

念のため、鏡で確認してみる。

「いいかも！」

『オシャレじゃないか』

「服を貸してくれた織莉子ちゃんと、服を選んでくれたジョージ・ハンクス七世のおかげだね！」

なんて、暢気《のんき》に言っている場合ではなかった。どうやら、一時間半以上服選びに費やしていたようだ。

急いで髪を巻き、化粧を施す。ジョージ・ハンクス七世が『朝飯も食っていけー！』と叫んだので、塩おむすびとインスタントの味噌汁《みそしる》をいただいた。

そして、クリスマスに叔母から貰ったカシミヤの手袋を嵌《は》め、玄関へと向かう。ジョージ・ハンクス七世は私がパンプスを履いている間に、鞄《かばん》の中へと飛び込んだ。履き物の収納に付いている姿見で、全身を確認する。

「たぶん大丈夫！」

道場破りをするつもりで、玄関のドアを開く。長谷川係長はすでに外で待っていた。

「おはよう、永野さん」

「おはようございます――うわ、世界一カッコイイ!!」

出会い頭に、思わず叫んでしまった。マンションのこのフロアには、私と長谷川係長しか住んでいないので、ご近所迷惑にはならないだろう。

本日の長谷川係長はいつもと前髪の分け目を変えて、おでこを出すセンターパートに整えていた。美貌がさらに際立っているように思えて、ドキドキしてしまう。服は黒いタートルネックセーターに同色のズボンを合わせ、ツイードのジャケットを羽織っている。

ツイードのジャケットはかなり渋いが、タートルネックとコーデすることによってオシャレに見えるから不思議だ。

本日の長谷川係長はおでこを出しているので、お堅くなりすぎずにバランスよくまとまっているのかもしれない。

「永野さんも、可愛いよ」

「どうもありがとうございました」

どうやら合格らしいので、ホッと胸をなで下ろす。スキーウェアの刑は逃れられたようだ。

「じゃあ、行こうか」

自然と差し出された手を、ぎゅっと握る。今日は何事もありませんように。そう願いながら、任された現場へと出発した。

浅草寺周辺は、まだまだ人が多い。安易に近づけるような雰囲気ではなかった。

「永野さん、初詣どうしようか？」

「もう少し遅らせたほうがいいかもしれないですね。変な事件も起きていますし」

「だね」

マンションから徒歩十分。浅草北側に位置する観音裏と呼ばれる地域に到着する。

この辺りは穴場スポットとも囁かれていて、以前は観光客があまり立ち寄らない場所だった。

けれども最近、オシャレなカフェやレストランなどができて評判となり、注目が集まるエリアとなっているようだ。

普段、人通りはそこまで多くない。しかしながら、お正月休みも終盤だからか普段の朝よりは賑わっているように思える。もしかしたら、浅草寺に行った人達が、流れ込んできているのかもしれない。

周囲を見渡してみたものの、特に邪気が多く発生しているとか、怪異の気配があるとかの異変は見つけられなかった。

キョロキョロしたら悪目立ちしてしまうので、なるべく平静を装う。

なんというか、街並みはいたって平和だ。違和感なんてまるでない。

浅草で連続的に昏倒事件が起きるなんておかしい。怪異の仕業としか言いようがない。けれども、陰陽師達は証拠を掴めないでいる。

女性のふたり組とすれ違った瞬間、耳をつんざくような悲鳴が聞こえた。

「きゃあ!!」

振り返ったときには、ふたりいたうちの片方が転倒していた。悲鳴をあげたのは、もう片方だったようだ。

「え、嘘!?」

思わず叫んでしまう。隣にいたはずの長谷川係長はすでに動いていて、気づけば大柄な男の腕を掴んでいた。男が暴れるので、長谷川係長は足払いをして尻餅をつかせたあと、逃げないように体を押さえつける。

「ぐ、ぐあああ!!」

長谷川係長に拘束された男性が呻《うめ》く。

同時に、先ほど悲鳴をあげた女性が叫んだ。

「あの人、ひったくりです!!」

どうやらひったくり犯が女性に体当たりし、鞄を盗んだようだ。

私はすぐに、警察に通報する。

鞄を奪われた女性はもうひとりの女性の手を借りて立ち上がっていた。怪我《けが》はないようで、ホッと胸をなで下ろす。

犯人の男はジタバタ暴れて、拘束から逃れようとしていた。さらに「俺は違う!」と叫ぶ。しっかり鞄を抱えているくせに、何を言っているのか。

そんな男に対し、長谷川係長はぼそりと物申す。

「よお言うわ」

あまりにも冷ややかな声色だったからか、男は大人しくなる。

そうこうしているうちに、警官が駆けつけた。

男は手錠をかけられ、ぐったりした様子でパトカーに連行される。抵抗のつもりか、最後は警官に引きずられるような形で車に押し込められていた。

これにて、一件落着！　と言いたいところだが、当然、警察官に引き留められる。

「名乗るほどの者ではないので」と言葉を残してカッコよく去って行きたかったが、状況を把握するために少しでも多くの情報が必要なのだろう。

結局、解放されたのは一時間後だった――。

「永野さん、ごめんね」

「いえいえ。犯人、捕まってよかったです」

昏倒事件でもなかったようで、ホッと胸をなで下ろす。

「気づいた瞬間には犯人を拘束していましたけれど、ものすごい反射神経でしたね。いやはや、お見事です」

「遠くを歩いているときから、なんか目付きがおかしい男だって思ったんだ」

「邪気か何か、発していたのですか？」

「いや、邪気の量は、そこまで多くなかったような気がする。普通の人と同じくらい」

邪気はこの世に生きる人ならば、多少は抱えている。目を凝らすと、ぼんやり見える程度だ。普通にしていたら、まずわからない。

ひったくりの男も、注視しない限り邪気が生じていると気づかないレベルだったらしい。

「目付きで判断するって、刑事の勘みたいですね」

「まあ、これまでいろんな人を見てきたからね」

ひとまず、昏倒事件とは何も関係なかった。しかし、まだまだ気を張って警戒する必要がある。

「永野さん、顔――」

何か付いているのだろうか。長谷川係長は手を差し伸べる。指先は思わぬ動きを見せた。私の眉間を、ぐりぐりと刺激したのだ。

「な、なんですか？」

「いや、眉間に深い皺《しわ》が寄っていたから。可愛いのが台無しだと思って」

「そ、そのネタ、まだ引きずっているんですか！」

「ネタじゃなくて、本当に可愛いんだって」

「はいはい」

眉間の皺は解《ほぐ》れただろうか。そっと眉間に触れる。

「もう大丈夫だよ」

「よかったです」

「さっきの永野さん、国民的スナイパーの東郷さんみたいな表情をしていたから」

「誰ですか、東郷さんって？」

「知らないの？」

「一度も聞いたことありません」

「だったら、暇な時にでもネットで調べてみて」

「はあ、わかりました」

少し休もう。そう言って、長谷川係長は通りかかったカフェへと誘う。

ウッド調のテーブルや椅子がオシャレで、天井が高く開放的なお店だ。

店員さんはひと目長谷川係長を見るなり、窓際の席へと案内する。そこに長谷川係長が腰かけると、外から姿が見えるからだろう。客寄せパンダにしたいのか。

しかし、効果は絶大だった。すぐに女性ふたり組が入ってきて、長谷川係長を指差す。だが、私がいるのに気づくと、そそくさと店の奥の席へ座った。

さすが、イケメン。そして、私を奥側の席に座らせて、外からは見えなくするという店員さんの作戦勝ちだろう。

「永野さん、なんにする？　甘い物も食べるでしょう？」

「もちろんです！」

紅茶は決まっているとして、甘い物はなんにしようか。

ふわふわの分厚いパンケーキに、卵液がひたひた浸《つ》かったフレンチトースト、ベルギー産にこだわったチョコレートのパフェに、三種のフルーツサンドも捨てがたい。

「うーん、う――――ん。よし、決めました！」

結局私が選んだのは、ど定番のショートケーキだった。長谷川係長はホットコーヒーのみ。

「長谷川さんは、甘い物はいいんですか？」

「別にいいかな」

長谷川係長が振り返っただけで、店員さんがやってくる。注文を終えたので、あとは待つばかりだ。

鞄の中から、ジョージ・ハンクス七世が私の袖を引っ張る。何か気づいたのかと思い、鞄に耳を傾けた。

『なあ、遥香。お前、本当にあの東郷を知らないのか？』

「国民的スナイパーの東郷さんのこと？」

『そうだ。かなり有名なのに……』

ジョージ・ハンクス七世は信じがたい、という表情で私を見上げる。

そんなに有名ならば、写真でも見たらピンとくるかもしれない。スマホで調べたら

――見知った顔が表示された。ぶるぶると、震えてしまう。

「永野さん、どうかしたの？」

「いえ、その、東郷さん……私も知っている人でした」

たしかに、眉間の皺が険しい。先ほどの私は、とんでもない表情を浮かべていたようだ。街中であんな顔をしていたら、何事かと思うだろう。注意しなければ。

ケーキと紅茶、コーヒーが運ばれてくる。嬉々《きき》として頬張っていたら、こちらを見つめる長谷川係長と目が合った。少しだけ咽《む》せつつ、ごくんと呑《の》み込む。

「ひ、一口食べますか？」

「いいよ。ケーキを頬張る永野さんを眺めていただけだから」

「見ても面白くありません」

「どちらかと言えば、癒やされるんだよね」

「近場で癒やしを求めないでください」

なんだか言い方が、動物園の可愛い生き物を愛《め》でるようだったのだ。

「そういえば、長谷川さん甘い物好きのイメージがあったのですが、外ではあんまり食べないですね」

「だって、俺が好きなのは、永野さんが作った甘い物だから」

「そ、そうだったんですね。なんだか照れます」

ただの甘い物好きではなかったようだ。もう何ヶ月も一緒にいるのに、まだまだ知らないことがたくさんある。もっと彼について知りたい。けれども、今日みたいに素直に答えてくれる日は稀《まれ》なのだ。いけずな京男子だし。しばし楽しく長谷川係長とのお茶を楽しんでいたものの、途中である変化に気づいた。

「あれ、長谷川さん、ちょっと顔色が優れないようですが？」

先ほどから、コーヒーよりお冷やばかり飲んでいるのも、若干気になっていた。

「もしかして、具合が悪いのですか？」

「……ごめん」

「早く言ってください」

「永野さんと過ごす時間があまりにも楽しくて、体の調子を理由に終わらせたくなかったんだ」

「そんなことを主張している場合ではないですよ！」

元気になったらまた来よう。そう言って、店を出る。アプリで呼んでいたタクシーに乗り込み、家路に就いた。

長谷川係長はみるみるうちに、顔色が青くなっていく。いったいいつから具合が悪かったのか。ふらついていたので、寝室までついていく。

「パジャマ持ってきてもいいですか？」

「うん、ありがとう」

勝手知ったる長谷川係長の部屋を物色し、パジャマや水、薬などを用意する。

熱を測ってみたが、平熱だった。風邪ではない？　けれども、おでこに手を当ててみたら熱があるように感じた。

「邪気のほうですか？」

「いや、どうだろう？」

カフェはほぼ満席だったものの、そこまで悪い気が充満しているようには思えなかった。それに、長谷川係長自身も邪気を溜《た》め込んでいる感じはしないという。

「昨日、あられを作ったんです。甘味祓いの術をかけているので、食べてみますか？」

「ありがとう」

瓶に詰めていたひなあられを、長谷川係長の手のひらに転がす。すぐに口に含んだ。

「うっ……！」

「甘過ぎましたか!?」

「おいしい」

「ま、紛らわしい反応をしないでください！」

なんだか顔色がよくなったような気がする。おでこに手を当ててみたら、熱も下がっているような気がした。ホッと胸をなで下ろす。

「ひなあられがおいしいって思ったの、初めてかも」

「通常のレシピよりも、粉砂糖少なめにしてみたんです。それが、よかったのかもしれないですね」

お口に合ったようで、何よりである。ひなあられはすべて、長谷川係長にあげることにした。

「貰ってもいいの？」

「はい。怪異が絡んでいたら使おうと思って、作ったものですから」

あとは、何か料理でも作り置きして帰ろう。

「長谷川さん、何か食べたいものはありますか？」

「永野さん」

「はい？」

「永野さん」

「なんですって？」

「永野遥香……」

「ぜんぜん聞こえませんが？」

　ふざける元気があるくらい、回復したのを喜ぶべきなのか。特大のため息をついてしまう。私が心底呆れているのを見て、長谷川係長は楽しそうに笑っていた。

「真面目に答えてくださいね。何か召し上がりたい、料理はありますか？」

「卵焼きが食べたい」

「そんな素朴な料理でいいんですか？」

「前に、永野さんが弁当に入れてくれたのが、おいしかったから。ずっと、また食べたいって思ってた」

「言ってくださいよ。いつでも作ったのに」

　私の味に近づけるために、何度も挑んでいたらしい。けれども、どれもほど遠い味わいだったのだとか。

「かつお出汁《だし》じゃなくて、こんぶ出汁でもなくて。合わせだしでもない。あれ、どういうふうに味付けしているの？」

「薄口醬油と砂糖です」

「そうだったんだ」

卵焼きは母直伝である。九州は薄口醬油を使うご家庭があるようで、母も幼い頃から薄口醬油入りの卵焼きを食べていたようだ。

「卵焼きはたぶん、各家庭によって味が違うと思うんです」

「レシピを調べてわかるものではないよね」

「ええ」

薄口醬油というのは普通の醬油よりも色が薄いのに、塩分濃度が高い。薄口醬油は関西を中心に使われているという話を、耳にした覚えがある。だから余計になじみ深く、おいしいと思ったのだろう。

「関西といったらうどんとか、お吸い物とか、色の薄いお出汁の料理ですもんね。そうだ。レシピ、教えましょうか?」

長谷川係長は深々と頭を下げる。そんなにお気に召していただけたなんて、光栄だ。

顔を上げた長谷川係長は、ハッとなる。

「あ、永野さん。永野さんの卵焼きが、実家の卵焼きに似ているわけじゃないから。永野さんが作るやつが好きなだけで、その辺は誤解のないように」

母の味が懐かしくなっているわけではないと、弁解された。

「お気に召していただけて、なんだか照れます」

ちなみに長谷川家の卵焼きは、かつお出汁をふんだんに使った京風らしい。以前、東京に出張にやってきたさい、仕出しのお弁当にいわゆる江戸風の卵焼きが入っていたときには驚いたという。

「いや、なんか正直、食べた瞬間かまぼこかと思って。感想を正直に言ったら東京の人と喧嘩になったんだよね」

江戸風の卵焼きはふわっと巻かずに、ぎゅぎゅと折りたたむように仕上げる。そのため、見た目や食感は京風と大きく異なるのだろう。

「江戸風は醬油と砂糖の味付けなので、ふんわり巻いた私の卵焼きは江戸風と京風、両方の特徴を持っているのかもしれません」

「なるほど、おいしいわけだ。楽しみにしているよ」

「じゃあ、ちょっと買い物に出かけて――」

「いや、大丈夫。家に買い置きしている食材を使っていいから。あ、薄口醬油はないけれど」

「だったら、薄口醬油は私の家にあるものを使いますね。食材、ありがたく使わせていただきます」

「任せていいの？」

「はい。しばらく安静にしていてください。あ、夜ご飯も作っていいですか？」

「そこまで甘えるのは悪いよ」

「いいえ。今日はとことん私に甘えてください」

「永野さん、ありがとう」

ちなみに、食欲の有無を聞いておく。

「病人食のような、優しい料理がいいですか？」

「いや、食欲はあるから普段通りでお願い」

「わかりました」

お腹は空《す》いているという。しっかり食べて、元気になってほしい。

きちんと休んでいるか心配なので、ジョージ・ハンクス七世に見張ってもらう。

「ジョージ・ハンクス七世、よろしくね」

『おう、任せろ！　起き上がってスマホでもいじりはじめたら、鼻先を全力で抓《つね》ってやるから』

「痛そうだね」

『長谷川、覚悟しておけよ！』

ここはジョージ・ハンクス七世に任せてもいいだろう。

「ゆっくり休んでくださいね」

それにしても、相変わらず長谷川係長の部屋はモデルルームのように生活感がない。それを指摘するたびに「物が少ないからそう見えるだけだから」なんて言うけれど、それだけではない。清潔さを保っているのが一番の理由だろう。

長谷川係長自身が毎日掃除を行っているわけではなく、知り合いのハウスクリーニング業者に頼んで、週に二回きれいにしてもらっているらしい。それ以外の日は、掃除ロボットを使ったり粘着カーペットクリーナーでコロコロしたりしているようだ。しゃがみ込んでカーペットをコロコロ掃除している長谷川係長の姿が想像できないんだけれど……。

服はすべてクリーニングに出していると言っていたが、洗面所には立派なドラム式の洗濯機がドンと鎮座している。ここは乾燥室もあるのに、もったいない——と思ってしまうのは、私だけでしょうか。

と、長谷川係長の生活感のない部屋について考えている場合ではなかった。薄口醬油を持ってこなければ。

一度家に戻り、冷凍庫の中でタイミングを見計らっていた巨大ホッケも持って行こう。ひとりでは食べきれないくらい、大きい開きなのだ。エプロンもついでに持って、長谷川係長の部屋に戻る。

台所に立ったが、ピカピカのシンクに目が眩《くら》みそうになった。まるで使っていないような美しい台所である。きっと、ハウスクリーニングの人が徹底的にきれいにしてくれるのだろう。汚さないように使用させていただく。なんとなく、手と手を合わせてから調理開始した。

とりあえず、食材チェックから始めた。冷蔵庫からは消費期限に余裕がある豚こま肉と鶏《とり》のひき肉、豆腐の買い置きを発見。冷蔵庫と壁の隙間に引き出し式のキッチンワゴンが置かれ、そこにジャガイモやタマネギなどの野菜類はある。野菜室も覗いたが、ブロッコリーやトマト、レタスにキャベツなど、野菜は一通り揃《そろ》っているようだった。ご飯は冷凍庫にストックがあった。

頭の中でレシピを組み立てる。いつもは食べたい料理ありきで考えるのだけれど、今日は食材ありきで料理を考えないといけない。栄養のバランスも、気にしたい。

よし、決めた！

昼食は卵焼きと味噌汁、それからホッケとほうれん草のおひたしを作る。夜は肉じゃがと冷《ひ》や奴《やっこ》、温野菜のサラダにしよう。

まずは魚焼きグリルに水を注ぎ入れ、皮を上にした状態のホッケをセットし火を点ける。最初は中火で焼いて、余分な水分や油を落とすのだ。

グリルはしばし放置して、次なる作業に取りかかる。

じゃがいもを素早く乱切りにし、水にさらしておく。余分なでんぷんを落としておくと煮崩れない。

続いて、豚肉に砂糖醤油を絡めて下味を付けておく。少しだけ置いて、味を馴染《なじ》ませる。その間にニンジンとタマネギをザクザク切って、ダイコンはイチョウ切りにし、別の鍋で煮ておく。これは味噌汁用だ。

ホウレンソウは洗って調理用ポリ袋に入れて、レンジで三分チン。あとは、水分を絞ってポン酢をかけるだけ。超絶手抜きおひたしの完成である。

ホッケをひっくり返し、肉じゃが作りに戻る。

ゴマ油でジャガイモとタマネギを炒《いた》めて、しんなりしてきたら豚こま肉を加える。半分くらい火が通ったら、出汁とニンジンを合わせてしばし煮込む。あくが浮いてきたら、丁寧に取り除く。

ぐつぐつ煮立ったら、醤油、薄口醤油、みりん、酒、砂糖を入れてよく混ぜる。これに落とし蓋――はないので、水に濡《ぬ》らしたペーパータオルを落とし蓋にしてよく煮る。

温野菜のサラダは、カットしたブロッコリーとパプリカ、カボチャをラップでふんわり覆ってレンジで加熱するだけ。ドレッシングは、醤油ベースの和風の味付けにしてみた。

冷や奴は豆腐を切り分けてオシャレなお皿に盛り付け、薬味のネギを散らして、あとはラップで覆っておく。醤油でもポン酢でも、お好みでかけて食べてほしい。

ホッケはおいしそうに焼き上がっている。味噌汁のダイコンも火が通ったようだ。

顆粒《かりゅう》出汁を入れて味噌を溶かしたら完成だ。

最後に、卵焼きを作る。卵を割り、味付けは薄口醤油と砂糖のみ。一度卵を漉《こ》すと、舌触りがよくなる。

卵焼き用の四角いフライパンが独身男性の家にあるわけがなく。普通に丸いフライパンで作る。

安心して欲しい。私もたまに、棚の奥から取り出すのが面倒なときは、丸いフライパンで卵焼きを仕上げることがあるので。

油を引いて、温まったのを確認してから卵液を少しずつ流し入れる。半熟状態で奥から手前にくるくる巻いていった。これを何度か繰り返すと、卵焼きの完成となる。

肉じゃがも煮えたようだ。これにて、昼食及び夕食の完成だ。ここまで一時間半ほど。けっこう頑張ったのではないかと、自画自賛する。

食事ができたと報告に行くと、長谷川係長から静かにするようにと注意を受ける。どうかしたのかと覗き込んだら、長谷川係長の手のひらでジョージ・ハンクス七世が眠っていた。

か、可愛い！　あまりにも可愛すぎる！

初めは犬猿の仲だった長谷川係長とジョージ・ハンクス七世が、ここまで仲良くなるなんて想像もしなかった。

眠るジョージ・ハンクス七世は、私の鞄の中に入れてあったふわふわポーチの中へと移した。熟睡しているようなので、すぐには目を覚まさないだろう。

「食事、できました」

「ありがとう」

パジャマ姿の長谷川係長というのも新鮮だ。過去に目にした覚えはあるものの、こうして全身をしっかり見るのは初めてなのだ。とは言っても、Vネックの長袖にスウェットパンツという、パジャマというより部屋着という雰囲気のオシャレな一着なわけだが。コンビニくらいだったら行けそうだ。

「永野さん、ぼーっとして、どうかしたの？」

「いいえ、何でもありません！　あ、温かいうちにどうぞ！」

「ありがとう——ってあれ？　ひとり分しかないけれど、永野さんは？　一緒に食べないの？」

「ご一緒しても、よろしいのですか？」

「もちろん」

そんなわけで、共に食事を取ることとなった。

食べる前に、ホッケの紹介をする。叔母がお歳暮でいただいた品で、最高級の一夜干し縞《しま》ホッケだ。けれども、長谷川係長がまず手を伸ばしたのは卵焼きだった。ぱくりと一口で頬張り、実に幸せそうに目を細める。

「うん、この味だ。おいしい」

「そ、それはようございました」

お弁当に卵焼きが入っていた日は、仕事であった嫌なことも吹っ飛ぶくらい嬉しかったそうだ。こんなに喜んでもらえるなんて、料理のしがいがあるというもの。ちなみに、私としてはホッケがおいしくて涙が零《こぼ》れるかと思った。さすが、叔母に届くお歳暮である。もう、スーパーの冷凍ホッケには戻れないだろう。それはそれで空《むな》しいような気がした。

結局、長谷川係長の家で夜まで過ごしてしまう。ゆっくり休んで欲しかったものの、私の料理を食べたら元気になった、一緒にいてくれと懇願されたのだ。肉じゃがもいただいたのちに、帰宅となる。

部屋に戻り、ネットニュースを調べたところ、昏倒事件は見当たらなかった。倒れた原因が正月特有の生活の乱れであればいいが、そういうわけではないのだろう。

スマホを見たら、父からメールと着信履歴があった。そういえば、今日一日の報告をしていなかった。まだ十九時前だというのに、お怒りのようである。メールで異常なしと送る。電話の着信履歴もあったが、一日の最後を父との会話で終わらせるつもりはない。サイレントモードにして、放置させていただく。母には、何もなかったから父に心配するなと言うようにお願いしておいた。

こうして、一日があっという間に過ぎていく。

翌日――十時くらいに長谷川係長に電話してみる。昨日の今日なので、ぶり返していないか心配になったのだ。

『……もしもし？』

電話口の声は明らかに張りがなく、元気がないように思えた。

「長谷川さん、大丈夫、ではないですよね？」

『そうみたい』

「そちらに行きますね」

『一日寝ていたら、治るから』

「治りません！　行きます！」

ジョージ・ハンクス七世は窓際でひなたぼっこしながらまどろんでいた。そんな彼に一言声をかけ、長谷川係長の部屋へと向かう。以前預かっていた合い鍵を使って中へと入った。

部屋はカーテンが閉ざされたまま。朝から起き上がれずに、ずっと寝室で横になっていたのかもしれない。

「長谷川さん――！」

寝台に横たわる長谷川係長は、顔色が悪く苦しそうだ。

「あの、昨日と同じような具合の悪さですか？」

「うん、同じ」

だったら、私が呪術をかけた料理で治るはずだ。朝焼いたチョコクロワッサンに甘味祓いをかけ、一口大にちぎって長谷川係長の口へと運ぶ。

「うっ……何これ、とんでもなくおいしい」

昨日の夜から仕込んでいた、チョコチップとバターたっぷりのクロワッサンだ。続けて、同じく持参していた水も飲んでもらう。

「ありがとう。だいぶよくなった」

「もう少しよくなったら、病院行きません？　今から、診察しているところを探しますので」

「そうだね」

これまで、邪気が原因で具合が悪くなっていた覚えはあったようだが、それ以外では健康そのものだったらしい。そのため、どうしたものかと疑問に思っているという。

「永野さんの料理を食べたら治るとか、怪異が絡んでいるとしか思えないんだけれど、単なる栄養不足である可能性もあるし」

「そうですね」

長谷川係長の体調不良は、怪異の影響を受けているのか。

その昔、原因不明の病気は総じて怪異のせいにされてきた。しかし今は、医療技術が発達している。体調不良が怪異のせいだと言われることはなくなった。

「何はともあれ、ゆっくり休む必要がありそうだ」

「ええ」

それから長谷川係長は私が作ったチョコクロワッサンとスープを食べ、横たわる。眠る瞬間まで傍《そば》で見守った。午後にはすっかり元気になったため、かかりつけの病院へ行き、診察を受けてもらう。健診を一通りしてもらったものの、結果は異常なしだった。

帰りにどこかで食事して帰ろうと誘われたが、断った。この前みたいにどこかで具合が悪くなったら大変だから。夕食は私が作る。そのほうが、いい気がした。

余った肉じゃがを使ってコロッケを完成させ、ふたりでおいしくいただく。長谷川係長はもう大丈夫だと言っているが、昨日と今日、続けて体調不良を訴えているので油断できない。

それにしてもいったいなぜ、長谷川係長は突然具合が悪くなってしまうのだろうか。

「たぶん、年末の疲れが今になってでてきているんだと思う」

「そんな、若くない体の筋肉痛みたいに遅れてやってくるものなんですか？」

「わからないけれど、無茶をしていた自覚はあるから」

たしかに、今年の年末はバタバタ忙しそうだった。というのも、会社を休む人が多かったのだ。それぞれ風邪だったり、法事だったり、怪我だったりと、不幸が重なってしまったのだ。

そのしわ寄せを、長谷川係長は人より多く負担していたのだろう。

やはり、体調不良の原因は過労なのか。どうすればいいものかと対策を考えていたが、突然ピンと閃《ひらめ》く。私の料理を食べたら元気になったと言っていたので、これしかないと思った。

「そうだ、長谷川さん！　待乳山《まっちやま》聖天《しょうでん》の大根まつりに行きませんか？」

「永野さん、大根まつりって？　初めて聞くんだけれど」

浅草の北東には、標高十メートルほどの小さい丘がある。そこに、待乳山聖天――正式には本龍院と呼ばれる寺院が佇《たたず》んでいるのだ。

待乳山聖天の御本尊は、聖天様こと大聖《だいしょう》歓喜天《かんぎてん》。聖天様のご功徳は無病息災、夫婦和合、子孫繁栄、商売繁盛だと聞いた記憶がある。

「待乳山聖天は大根がシンボルで、毎年一月七日に大根まつりが開催されるんです！」

小さな頃に一度だけ、大根まつりに連れて行ってもらった記憶が残っている。浅草寺の初詣に比べたらぜんぜん人が少なかったのに、父は「こんなに人が多い場所には、二度と行かん！」と憤っていたのを覚えている。

「どうしてそこは大根推しなの？」

「それはですね——」

曖昧な記憶なので、スマホで由来をチラ見しながら説明する。

「大根は清浄——煩悩、私欲、悪行がなく、心身が清らかになる食べ物として人々から大切にされており、聖天様の『おはたらき』を象徴するような食べ物として認識され、ご供養には欠かせないものとなったそうです」

奉納された大根をいただくことによって、聖天様の徳を頂戴するようだ。

「当日はお供えされていたもので作った、ふろふき大根と御神酒《おみき》がふるまわれるそうですよ」

「へえ、そうなんだ。それにしても大根を仏様に捧《ささ》げるって、なかなか珍しいね」

「そうですよね」

他にも理由があるらしい。

大根は仏教で言う三毒・十悪のうちのひとつ、怒り、憎しみ、怨《うら》みなどを意味する瞋恚《しんい》を示しているらしい。そんな大根を聖天様にお供えすることにより、慈悲へ転化するよう祈願する意味合いもあるようだ。

「怒りを慈悲にか。なかなか興味深い話だね」

「ええ」

ちなみに、十悪は『貪欲』、『瞋恚』、『愚痴』、『綺語《きご》』、『両舌《りょうぜつ》』、『悪口』、『妄語』、『殺生』、『偸盗《ちゅうとう》』、『邪淫《じゃいん》』だという。

理解できる言葉もあれば、できないものもある。

綺語というのは真実を語らず、うわべだけを口にするという意味らしい。両舌というのは、双方に異なる情報を吹き込み、争うように誘導すること。妄語は嘘をつく行為。偸盗は盗みを働くこと。邪淫は浮気だ。

そのうちの三つ、『貪欲』、『瞋恚』、『愚痴』は三毒の煩悩だという。人間の持つ百八の煩悩の中でも、極めて悪とされているようだ。こういう情報を調べていると、年末年始の除夜の鐘がありがたく思える。あの鐘は『梵鐘《ぼんしょう》』と呼ばれる、人々の煩悩を断ちきる厳かな仏具らしい。

「まだまだ知らないことばかりだな」

「本当に……って、話が大きく逸《そ》れました」

「勉強になったよ」

長谷川係長も大根まつりには大いに興味があるという。以前、私が不運続きだったとき、鷲《おおとり》神社や長國寺《ちょうこくじ》で参拝した結果、効果絶大だった。今回も、ご功徳にあやかろう。そんなわけで、七日の大根まつりに行こうという話になった。

◇　◇　◇

大根まつり当日を迎えた。

この日まで長谷川係長には三食私の手作り料理を食べてもらっている。そのおかげなのか、体調に問題はないようだ。

ただ、安心はできない。今日、聖天様のご功徳を賜り、元気いっぱいの状態で明日からの仕事に挑みたい。

ふろふき大根は二千食限定。朝九時から本堂で整理券が配布されるらしい。

浅草雷門行きのバスに乗り、途中下車する。どこにあるのかと探すまでもなく、『初詣　大根まつり』と書かれた看板を発見した。『大般若講《だいはんにゃこう》　大根まつり』と記されている幟《のぼり》も立てられている。

長谷川係長と共に朝の八時から出かけたものの、すでに行列ができていた。

「すごい人だ」

「ですね。今年は平日なので、少ないかもと思っていたのですが、ぜんぜんそんなことはありませんでした」

長蛇の列に並び、大人しく順番を待つ。

いたる場所に二股に分かれた大根が置いてある。神社の神使のような存在感があった。本堂は赤をベースにした立派なもの。ここにも、二股大根のモチーフが使われている。

山のように積み上がった大根が置かれた本堂というのは、ここならではだろう。

しっかりと、長谷川係長の健康を願う。

もしかしたらもう二千人分の整理券は配り終えたのかもしれないと思っていたが、いただけたのでホッと胸をなで下ろす。

これからふるまわれる大根は、年始にお供えされたものなのだろう。お正月には千本もの大根が集まるというので、驚くばかりだ。

続いて、ふろふき大根の行列に並ぶ。こちらは本堂への行列よりもサクサク進んでいった。

あっという間に私達の順番となり、ふろふき大根と御神酒をいただく。

練り味噌をたっぷりかけた大根は、やわらかく煮込まれていた。アツアツで、舌の上ではふはふ冷ましながら食べた。続けて御神酒を飲む。

お酒とふろふき大根の相性は抜群だ。お土産にふろふき大根に使った大根の切れ端をいただいたので、家でも作ってみたい。

帰りがけに、長谷川係長がボソリと口にする。

「なんか、年末の疲れがごっそりなくなったような」

「本当ですか!?」

こんなにも早くご功徳が表れるなんて。すばらしいとしか言いようがない。

「体の調子も戻ったから、また明日から頑張らないと」

「まあ、お仕事はほどほどに」

長谷川係長の体に不調が訪れませんようにと、願うばかりであった。

第二章
社員旅行に行きます！
（※ただし、鬼上司とは別行動です）

年明け出勤一日目——元気よく挨拶してきたのは後輩の杉山さんだ。派手な髪色で登場したので、仰《の》け反《ぞ》ってしまう。年末までアッシュ系の暗いカラーだったのだが、オレンジ系の明るい髪色になっていた。

「永野先輩、おはようございます。今年もよろしくお願いいたします！」

「おはよう。今年も一年よろしくね」

そして、続く一言は「その髪色どうしたの？」しかないだろう。

「昨日美容室で、新年なのでめでたいカラーにしてくださいって言ったら、この色になっていました」

「そ、そう。似合っているね」

「でしょう？」

ちなみに、人事部の前を通ったら、大原《おおはら》部長に髪色が派手過ぎると注意されたらしい。けれども、会社の規則に髪色についての記述はないため、杉山さんは堂々と「違反じゃないんでー」と言い返したのだとか。

「ま、まあ、その辺のバトルはほどほどにね」

「大丈夫ですよ。さすがの私も、部長クラスをボコボコにすることはないので」

「ははは……」

もはや乾いた笑いしか出てこない。相変わらず、強い子だった。

杉山さんはきれいに染まった髪をふわふわなびかせながら、自らの席に堂々と腰を下ろす。

続いて元気いっぱいな様子でやってきたのは、桃谷君。

「永野先輩、おはようございます！」

「おはよう」

彼も髪色が変わっていた。杉山さんほどとは言わないものの、なかなか明るい色に染まっている。

「桃谷君も髪染めたんだね」

「そうなんですよー。なんか人事部の前を通ったら、部長に注意されてしまってー。ついてないです」

なんというか、デジャヴである。いいや、気のせいではないだろう。

「髪色についての決まりはないのに、社会人らしくないって、ねちっこく指摘されたんです。あんまりにもしつこかったので、逃げてきました」

「逃げちゃだめだよ」

「つい、うっかりですね」

「うっかりで済ませる問題ではないからね」

杉山さん、桃谷君と同じ問題で注意されたとなれば、直属の上司である長谷川係長が大原部長に呼び出されて、お小言をいただく可能性がある。

髪色について規則はないし、杉山さんや桃谷君は悪くないと言えるだろう。けれども、常識の範囲で、という暗黙の了解があるのだ。以前から存在する、裏ルールだろう。

「まあでも、長谷川係長だったら大丈夫ですよ。大原部長との戦いは全戦全勝ですので！」

「はあ……」

そういう問題ではないが、言い返す元気はなくなっていた。

「あ、長谷川係長ですよ」

今日も長谷川係長は、颯爽《さっそう》と総務課のフロアに現れる。正月休みはほぼ毎日会っていたのに、改めて爽やかでかっこいいなと思ってしまう。

「長谷川係長、おはようございます」

「おはようございます」

「おはよう、永野さん、桃谷君」

にっこりとすてきな笑みを浮かべながら、長谷川係長は去ろうとしていた桃谷君の首根っこを摑む。

「な、なんですか？」

「いや、今さっき、人事部の大原部長に呼びとめられてね。生意気な態度を取ったんだって？」

「俺だけじゃないです。大原部長、杉山先輩にも髪色について注意したって言っていました」

「問題は態度であって、髪色じゃないから」

「ええ、そんな！」

もちろん、髪色問題も注意されたという。ネチネチとしつこく言われたようだ。

「うちは髪色については規則にないからね。まあ、常識の範囲でっていう暗黙の了解はあるけれど」

その辺については、極めて曖昧である。同じ髪を染めただけなのに、大丈夫だったり、注意されたりと、個人によって対応に差を出すのはよくない。それが長谷川係長の考えだという。

「だから、大原部長に髪のカラーチャートを作っていただいて、この辺からアウトです、みたいな決まりを人事部で定めてくださいって、お願いしておいた」

桃谷君は長谷川係長の言葉に感激したのか、猛烈に拍手する。

「じゃあ、長谷川係長は髪色については怒らない、ということでいいんですよね？」

「まあ、そうだね。でもそれ、染めた時かなり痛かったんじゃない？」

「施術中、ずっとヒリヒリしていました。シャンプーしたら、髪がすべて抜け落ちるんじゃないかと思いましたよ」

ブリーチ剤を使って染めるのは痛い、という話を聞いた覚えがあったが、私の想像以上だったようだ。明るい色に染めるというのは、大きな我慢と頭皮への負担があるというわけだ。

「長谷川係長はいいですよねえ。イケメンなので、黒髪でもあか抜けていて」

「そんなことはないと思うけれど」

「あるんですー。これだから天然もののイケメンは、自意識に欠けているので困るんです」

桃谷君はあか抜けて見えるように、惜しげもない努力をしているのだという。

「長谷川係長は、眉毛を剃《そ》りすぎて絶望するなんてこと、ないんでしょうね」

「それはないかな」

「ほらー！」

と、お喋《しゃべ》りはこれくらいにして、朝礼をするために集まった。時間ギリギリに山田《やまだ》先輩が駆けてくる。

「ふいー、間に合った。永野、おはよう」

「おはようございます。今日はお子さんの送迎の日でしたか？」

「いやいや、違う。人事部の人に捕まってしまって」

思わず、山田先輩の髪を見てしまう。いつも通りの黒髪だった。

「えーっと、人事部の方はどのようなご用件だったのですか？」

「社員旅行の件だよ」

「ああ、そっちでしたか」

毎年一月に行われる社員旅行。山田先輩が全体の管轄を執ったらしい。いろいろと情報を教えてくれた。なんでも、今年は部署ごとに行き先が異なるようだ。基本は九州旅行なのだが、人事部は福岡、営業部は佐賀、経理部は宮崎、事業部は熊本、開発部は鹿児島、秘書部は沖縄、そして我らが総務部は長崎なのだ。

行き先はくじで決めたらしい。山田先輩が引き当てたのが長崎だった。

「社員旅行で久しぶりに羽を伸ばすぞーって思っていたんだけれど、朝、子どもに仕事に行くなと泣かれてしまって。その様子を見たら、辛《つら》くなってきた」

「いじらしいですねえ」

「そう。俺はいじらしいんだ」

「いじらしいのは山田先輩のお子さんの話です」

「親と子は似ると言うだろうが」

心配なのはお子さんを残して旅立つことだけではないという。

「妻の負担も大きくなるから、社員旅行の間、お義母《かあ》さんに来てくれないか、夜に電話しようと思っているんだ」

「優しいですね」

山田先輩の平日における子育ての担当は、お風呂にトイレ監視、歯磨き、夜の絵本読み、寝かしつけと多岐にわたっているようだ。

それらを義理のお母さんに任せられないか、お願いしてみるという。

「なんだか、俺だけ楽しむのも悪くて……」

「お土産、たくさん買って帰らなければいけませんね」

「もちろん。すでに、妻から土産リストを貰ってるから」

カステラやちゃんぽんなど、メーカーまで指定してある細かい一覧らしい。今から
お遣いを成功させられるのか、心配だとぼやいていた。

旅行は一泊二日のツアーである。長崎は初めてなので、楽しみだ。

もちろん、長谷川係長とは別行動である。

そろそろ交際を会社の人達に報告したいと長谷川係長は話していたものの、私はもう少し経《た》ってからのほうがいいと考えていた。

そんなわけで、今年の社員旅行は各々楽しもうと話し合って決めた。

朝礼が始まる。木下《きのした》課長の正月太りしたという話をほのぼのと聞き、新年の仕事は開始となった。


昼食の時間、杉山さんは身を乗り出して社員旅行について質問してきた。

「永野先輩、今年はどうします？」

「うーん、そうだねえ」

うちの会社の社員旅行は、空港についた瞬間から自由行動なのだ。朝イチの便で現

地に赴き、翌日の夜の便で戻ってくる。誰とどこに行くのも勝手気ままに、というわけだ。私や杉山さんは同じ部の女子だけのグループで回っていたが、今年はふたりで行動しないかと話を持ちかけられる。

「私、団体行動合わないんですよねえ。二、三人くらいがちょうどいいです」

気になるものを発見しても、大人数だと発言できないという。

「去年は草津の温泉旅行だったじゃないですか。私、湯もみショーを見たかったんですよね。けど、他の人達が温泉プリンを食べようって盛り上がっていたから、悪いと思って言いだせなかったんですよ」

なんでもかんでも感じたことを口にするイメージがある杉山さんだが、集団の中では空気を読んでいたらしい。

「旅行って名物を気ままに食べ歩いたり、気になるお店に立ち寄ったりと、その場その場に応じて楽しむものじゃないですか。でも、団体行動だとそれができないので、楽しさ半減だなって思っていたんです」

「なるほどなー」

たしかに、これまでの自由行動はどこに行くか事前に皆で決めてから、当日は行動していた。昼食を食べる場所も、立ち寄るお土産屋さんも事前に決まっているので、旅先での自由な行動というのはなかったような……？

「でも、突然別行動にするって言ったら、びっくりしないかな？」

「大丈夫ですよ。女性陣はハウステンボスのあとバイオパークに行きたいって言っていたので。私達は中華街を中心にした、長崎市観光にしましょう！」

杉山さんが調べたところによると、長崎空港は長崎県の中央に位置する大村市にあるらしい。そこから、長崎の大きな街である長崎市や佐世保市を行き来するようだ。

長崎でもっとも有名な観光地であるハウステンボスは、長崎県の北部に位置する佐世保市にある。長崎空港から高速バスで一時間ほど走った先にあるという。

一方で、中華街は長崎市にあり、高速バスに乗ったら四十分前後で到着するようだ。

「あ、そうそう。ホテルの予約希望、そろそろ締め切りなんで、永野先輩、今ここで決めてください」

宿泊するホテルは、長崎市か佐世保市か選べる。予約が比較的のんびりなのには理由がある。一月中旬までの長崎は観光客が少なく、閑散期となっているのだ。そのため、直前の予約でも受け付けてくれるというわけだ。ただこれは懇意にしている旅行代理店の対応なので、これがいつでもまかり通るとは思っていない。

ちなみに、長崎の観光は一月下旬から二月が大いに盛り上がるという。中華街の一大イベント、ランタンフェスティバルがあるからだ。

期間中は一万五千個ほどの中国提灯《ちょうちん》やオブジェが、中華街を美しく彩る祭りだ。中国の雑技や長崎伝統の『龍踊《じゃおどり》』などが目玉らしい。有名人が清朝《しんちょう》時代の皇帝や皇后に扮《ふん》する、『皇帝パレード』も見所のひとつだという。

「今はランタンフェスティバルの期間中ではないよね？」

「ええ。ランタンフェスティバルは一月下旬から始まる催しですもん」

杉山さんは人込みが苦手なようで、だからこそ今のシーズンに中華街に行きたいのだと主張する。

「ここのお店にお邪魔してみたいんです」

スマホ画面を指し示される。それは、中華風の佇まいをした喫茶店だ。

「薬屋カフェっていって、中国の体にいいお茶とかお菓子を出している店なんですけれど——店員がとんでもないイケメンなんですよ！」

「イ、イケメン目的で、中華街へ？」

「そうです！」

杉山さんは曇りなき眼で、言ってのけた。なんでも一時期ＳＮＳで話題になったらしく、東京の雑誌でも特集が組まれるほどの人気店らしい。

そのイケメンを、杉山さんは私にも見せてくれた。

「ほら、ほら、イケメンでしょう？」

「た、たしかに」

杉山さんは目がギラギラしていた。私が行かないと言っても、ひとりで赴く気らしい。

「あ、永野先輩、もしかして別の人とどこかに行く約束をしていましたか？」

「ううん、誰とも約束はしていないよ」

「そうなんですかー。てっきり……」

「てっきり？」

「あ、いいえ。なんでもありません。じゃあ、永野先輩は私と一緒に中華街でいいですね？」

「うん、いいよ」

「やった！　ありがとうございます」

翌日は、私が行きたい場所を決めていいらしい。もちろん、移動時間がもったいないので、長崎市での観光になるが。

「グラバー園にします？　それとも孔子廟《こうしびょう》？　大浦天主堂《おおうらてんしゅどう》も気になりますよねえ。他には、オランダ坂とか！」

「私は、うーん。ペンギン水族館が気になるかも」

「ペンギン水族館ですか？　へえ、初めて聞きました」

「ペンギンに特化した水族館なの。珍しいでしょう？」

「たしかに、そうですね。長崎市のどの辺にあるんですか？」

「あ、いや、まだ調べてないんだけれど」

杉山さんがスマホで情報を調査してくれる。目にも留まらぬ速さで画面をタップしていた。

「あー。ちょっと長崎市の中心部から外れたところに位置するんですねえ」

ただ、長崎駅からペンギン水族館までの直通のバスがあるようで、移動時間は三十分ほどらしい。

「他の場所がいい？」

「いや、大丈夫ですよ。ペンギン水族館、行きましょう。ただ、移動時間が気になるので、一日目はペンギン水族館、二日目に中華街、みたいな感じにしたほうがいいですね」

「わかった。よろしくね」

「はい、よろしくお願いいたします」

そんなわけで、社員旅行は杉山さんとふたりで、ペンギン水族館と中華街に行くこととなった。

◇　◇　◇

不思議なことに、あれから長谷川係長の体調は悪くならなかった。私の手料理を食べずとも平気だという。無理をしている様子は見られない。本当によかったと、安堵《あんど》する毎日である。

正月期間に浅草で起きていた昏倒事件も、ぱったり止まった。あれはいったいなんだったのか。永野家の陰陽師達は首を傾《かし》げるばかりだという。

昼間のワイドショーなどでは、長期休暇の不摂生が原因ではないかなど意見するコメンテーターもいたらしい。

事件は解決の糸口を掴めないまま、捜査が打ち切りとなってしまいそうだ。

幸いといえばいいのか。救急車で運ばれた患者は全員回復し、退院しているという。

その辺は、よかったとしか言いようがない。

ここ最近の浅草の街は平和だ。怪異の数も以前に比べて少なくなっているような気がする。

甘味祓いを施した菓子を自動給餌器に入れたものを設置しているのだが、以前よりも食べる量が減っていた。数を減らしてもいいのかもしれない。

仕事から帰宅後、冷凍していたカレーとご飯で軽く夕食を済ませる。風呂に入ったあと、甘味祓い用の菓子作りを開始した。

本日作るのは、昔懐かしい、きなこ棒。子どもの頃、駄菓子屋さんで買って食べていたものが、なんだか無性に食べたくなったのだ。作り方はそこまで難しくない。

蜂蜜と三温糖、水を混ぜたものをレンジで温め、きなこを少しずつ加えつつ攪拌《かくはん》。しっかりとしたペースト状になったら、クッキングペーパーの上で棒状にまとめる。これを一口大にカットし、形を整える。これに爪楊枝《つまようじ》を刺して、きなこをふりかけたら完成だ。ひとつ、味見をしてみる。

「うん、これだ！」

怪異の分は食べやすいよう、丸めたものにきなこをまぶした。こちらはきなこ棒ならぬ、きなこ玉だ。きっと、怪異達も喜んでくれるだろう。

もうひと品作ろう。明日から社員旅行なので、軽く摘《つ》まめるようなお菓子を鞄に忍ばせたい。出先で怪異に出遭ったときのために、持ち歩きたいのだ。

少し眠たくなってきたので、簡単なものにしよう。作るのは、スノーボールだ。

レンジで溶かしたバターに砂糖を入れてしっかり混ぜる。そこに小麦粉を加え、生地がまとまるまで捏《こ》ねていく。この生地を丸め、オーブンで二十分ほど加熱。最後に、粉砂糖をまぶしたらスノーボールの完成だ。

サクサクほろっとした軽い食感で、とてもおいしい。周囲を粉砂糖だらけにしないよう、食べる場所とタイミングには注意したい。

ジョージ・ハンクス七世が角材を運ぶようにラップを抱えながらやってきた。これから、社員旅行期間中の食料をパッキングするらしい。

主食のペレットにおやつの乾燥野菜やひまわりの種などを丁寧にラップに包んでいた。それらを、いつも鞄の中で身を潜めているふわふわポーチに詰め込む。

『遥香、旅行の準備はしっかり終わったか？』

「大丈夫」

『歯ブラシと歯磨き粉とか、忘れてないだろうな？』

「そういうのはホテルにあるだろうから、持って行かなくても平気だよ」

『もしや、石鹸《せっけん》やシャンプーとかも、ホテルにあるのか？』

「あるよ」

『すげーな！』

心なしか、ジョージ・ハンクス七世は楽しそうだ。そういえば去年も、こんな感じだったような気がする。もしかしたら、遠出が好きなのかもしれない。

今年は、長谷川係長と旅行に行けたらいいな……。もちろん、ジョージ・ハンクス七世も一緒に。きっと楽しいだろう。

何かあったときのために、これまでなるべく浅草から離れないようにしていた。けれども最近の怪異減少の傾向を考えるに、二泊三日くらいの旅行ならば大丈夫なのではないかと思いつつある。


社員旅行当日の朝――早起きして身なりを整える。

日本の南側にある長崎だからといって、冬を甘くみてはいけない。母の実家が福岡で、何度か行き来しているのではっきり言える。冬の寒さは東京とさほど変わらないのだ。むしろ、季節風の影響で東京より寒い可能性もある。

長崎の気候について、一年中南国みたいなものだろうと勘違いしている人がいる。そのたびに私は訴えていた。長崎は寒いので、普段通りの防寒に努めたほうがよいと。

旅行用の服装は、先週の日曜日に買いに行った。ちょうどセールで安くなっていたので、大満足のお買い物だった。

一日目はほぼ移動＆水族館なので、動きやすい服装をチョイスしてみた。

上は白いタートルネック、下は山吹色のタイトスカート。スカートは寒いので、タイツを着用する。なるべく分厚いものをと、通販で裏起毛の千二百デニールのタイツを発見した。おそらく、ズボン並みの温かさがあるに違いない。

全体的にモコモコしているように感じるかもしれないが、コクーンコートを着たら、だぼついているように見えないだろう。店員さんの「コクーンコートは蚕の繭みたいに、シルエットを丸く包み込んでくれるのですよ」という言葉を信じるしかない。

化粧はいつもより華やかめに。髪はデートのときみたいに気合いを入れすぎると悪目立ちしそうなので、軽く巻いてローポニーに結ぶだけ。真珠のイヤリングを付けたら、いい感じにまとまったような気がする。

『遥香、準備はできたか？』

「うん！」

朝はいつも眠そうにしているジョージ・ハンクス七世だったが、今日は元気だ。瞳がらんらんと輝いている。

「あ、そうそう。ジョージ・ハンクス七世に、マフラー編んだんだ」

『マフラーだと!?』

手芸店の前を通りかかったとき、モコモコな毛糸を発見し、ジョージ・ハンクス七世に旅行用のマフラーを編もうと思いついたのだ。毎日少しずつ作っていたのだが、昨日の晩に完成した。編み物をしたのは久しぶりだったので、想定よりも長くかかってしまった。

ジョージ・ハンクス七世に巻いてあげると、嬉しそうに飛び跳ねていた。鏡を覗き込みに行く様子は、愛らしいとしか言いようがない。

『遥香、ありがとうな!』

「いえいえ」

喜んでいただけて、何よりである。

『そろそろ時間じゃないのか?』

「うん、そうだね」

早めに出発して、甘味祓いをかけた菓子を設置してから旅立つつもりだ。

外に出ると、長谷川係長がにっこり微笑みながら挨拶してきた。

「永野さん、おはよう」

「うっ……！　お、おはようございます」

あまりにも眩《まぶ》しいイケメンっぷりに、思わずうめき声をあげてしまう。

本日の長谷川係長の服装はシャツにニットを合わせ、細身のズボンにスニーカーをコーディネートしている。鈍色《にびいろ》のジャケットにはフードが付いていて、カジュアルな雰囲気にまとまっていた。

デートの時とはまた違った服装で、なんだか感動してしまう。それにしても、本当に何を着てもかっこいい。

「永野さんもスニーカーなんだね」

「慣れない土地で疲れないように、スニーカーにしました！」

「さすがだね。あれ、そういえば旅行鞄は？」

「一昨日辺りに、長崎のホテルに送りまして」

遡ること一週間前、杉山さんが私に訴えたのだ。キャリーバッグは絶対に、ホテルに送っておくべきだ、と。

「たしかに、現地についてからホテルに寄って旅行鞄を預けるという手間が省けるのか。杉山さん、旅行慣れしているね」

「ですよね。びっくりしました」

旅行中、キャリーバッグを持ちながら移動すると体力がガリゴリと削られていくらしい。送料はお高めだったが、それ以上に快適だと杉山さんが勧めてくれた。

長谷川係長は一泊用と思わしき小型のキャリーバッグを持って行くようだ。

なんでも、椅子が収納されているらしい。

「疲れたら座っていいからね」

「会社の人が見たら、何事かと聞かれますよ」

「そのときは、俺の彼女ですが何か？　って聞くから」

「うう、言われてみたい……！」

「じゃあ、いい機会だから、みんなに報告する？」

「いえ、いいです。またの機会に」

「残念」

と、お喋りをしている場合ではない。七時半の飛行機に乗らなければならないため、急いで用事を済ませなければならないだろう。

「長谷川さん、行きましょう」

「そうだね」

まだ外は暗い。冷たい風が吹いていたが、千二百デニールのタイツはしっかり防寒してくれた。担当する地域まで足を運び、昨日作ったきなこ玉を自動給餌器に投入。これでよし。

電車に乗りこんで、羽田空港を目指した。集合場所に一緒に到着したら怪しまれるので、長谷川係長には先に行ってもらう。名残惜しいが、ここでお別れだ。

「長谷川さん、ではまた」

「あとでね」

まだ時間に余裕があるので、モーニングをやっている空港内の喫茶店に入った。ピザトーストをかじり、珈琲《コーヒー》を飲んで眠気を覚ました。

スマホに杉山さんからメールが届く。もう集合場所についているらしい。三十分も余裕があるのに、大丈夫かと心配しているようだ。まだゆっくりしようと思っていたものの、杉山さんが落ち着かないようなので店を出た。集合場所へ行くと、杉山さんがぶんぶん手を振ってくれる。

「永野先輩、遅いですよ！」

「え、でもまだ集合時間までに余裕があるし」

「旅行中、ギリギリに行動していると、トラブルに巻き込まれたときに対処できないですからね」

「うっ、肝に銘じておきます」

杉山さんは元気よく、幹事を務める山田先輩に私がやってきたという報告をしてくれた。

「永野先輩、ようやく到着しました」

「おう、やっと来たか！」

なんでも、集まっていない人は私含めてふたりだったらしい。みんな、三十分前行動ができるなんて優秀だ。

「山田先輩、あとひとり誰ですか？」

「桃谷だよ」

「マイペースそうですもんね、彼」

「そうなんだよ」

ただ、まだ集合時間まで時間は十分ある。きっと間に合うだろう。山田先輩は全員手荷物を預けたのを確認すると、チケットを配り始める。どの辺りの席なのかと確認していたら、杉山さんが笑顔で教えてくれた。

「永野先輩、私の隣ですよ。しかも、ふたりがけの席！」

「本当だ」

山田先輩はこのままここで桃谷君を待つらしい。他の人へは保安検査場を通過するように促していた。どうしようか迷っていたら、杉山さんが山田先輩の肩をポンと叩《たた》いて言った。

「山田先輩、私達も一緒に桃谷を待ちますよ」

「え、いいのか？」

「いいですよ。私達、チームじゃないですか！」

「杉山――！　永野も――！」

そんなわけで、長谷川係長に引率をお願いし、三人で桃谷君を待つこととなった。

桃谷君がやってきたのは――集合時間ぴったり。

「すみませーん、なんか犬と鳥と、おまけに猿に絡まれまして、遅くなりました！」

「詳しい話はあとだ！　行くぞ」

「はーい」

会話する暇もなく、私達は大急ぎで保安検査場へ繋がる列に並んだ。ただ、ずらりと長い行列ができていて、くらりと目眩《めまい》を覚えそうになった。

桃谷君の旅行鞄はリュックサックで、手荷物として持ち込める。本人は預ける予定だったようだが、そんな暇はない。

それにしても、この行列は想定外だった。間に合うのか心配になる。たぶん、同じ時間帯に出発する飛行機がいくつもあるのだろう。

「いや、なんか俺のせいですみません」

「俺も、もっと集合時間を早めに設定しておくべきだったんだ。桃谷は悪くない」

「うう、ありがとうございます」

ぐったり背中を丸める桃谷君に、杉山さんが訝《いぶか》しげな表情で問いかける。

「桃谷、けっこう疲れている感じだけれど、いったい何があったの？」

「いや、最初はグレートデーンの迷い犬を保護して、そのあとカラスの大群に囲まれて、最後に電車の中で飼い主の籠を抜け出した猿にしがみつかれたんですよ。猿、離れなくて、一回電車を降りるはめになって」

「どうしたらそんなに短い時間に動物に絡まれるの？　超ウケるんだけど」

「いや、ぜんぜんウケないですよ」

桃谷君を気の毒に思ったのか、山田先輩はポケットに入っていた『やわらかおせんべい、六ヶ月から』を差し出していた。

「桃谷、これでも食って元気出せ」

「ありがとうございます。朝食を食べていないので、お腹ペコペコ……って、これ赤ちゃん用のお菓子じゃないですか！」

外出用のコートに、入れたままになっていたらしい。

「いや、これ、意外とうまいから」

「食べたんですか？」

「子どもに食いかけを口に突っ込まれたことがあって。なんていうか、味わう機会に恵まれた男だったたんだよ」

「なるほどー」

そんな会話をしていたら、「七時半出発、長崎空港行きの飛行機に乗るお客様はいらっしゃいますか？」という声が聞こえた。山田先輩はすぐさま挙手する。すると、優先して通してもらえた。

周囲の視線をチクチク浴びつつ、保安検査場に辿《たど》り着く。

長谷川係長と合流できたのは、搭乗開始のアナウンスが流れたのと同時だった。

「皆の者――、そのまま乗れ――!!」

「お、おお！」

ひと息つく暇もなく、私達は飛行機へ乗ったのだった。

無事、飛行機が飛び立ったので、ホッと胸をなで下ろす。通路を挟んだ席に座る桃谷君は、やわらかおせんべいと水という朝食をいただこうとしていた。

「桃谷君、これ、よかったら」

昨日作ったきなこ棒とスノーボールを、そっと手渡す。

「あ、うまそう。ありがとうございます」

杉山さんも興味ありげに覗き込んでいたので、分けてあげた。

「永野先輩、これ、どっちも粉っぽいお菓子じゃないですか」

「本当だね。気づかなかった」

持ち運んで食べるような菓子ではないだろうという指摘に、笑ってしまう。仕事を終えたあと、くたくたの状態だったので、自分が食べたいものを欲望が赴くままに作った結果だろう。

「でも、杉山先輩、この粉っぽいおやつ、おいしいですよ」

「それは認めてる」

なんだろう、桃谷君と杉山さんに褒められている気がしないのは。しかしまあ、お口に合ったようで何よりである。今度、こういう機会があったら、食べやすいものを持参したい。

朝早かったからか、その後、機内でぐっすり眠ってしまった。到着寸前で、杉山さんに起こしてもらう。

「国内線の飛行機の中でこんなに爆睡している人、初めて見ました」

「ご、ごめんね。起こしてくれてありがとう」

長崎空港に到着すると、私達は荷物を受け取ることなくそのまま外に出る。

そして——外にあるバスの券売機でチケットを購入。おつりを握った瞬間、杉山さんが叫んだ。

「永野先輩、あれ、長崎駅行きです！　走らないと、あと三十秒で出発します」

「うわ——！」

杉山さんは踵《かかと》の高いヒールで全力疾走している。さすが、元運動部。万年運動不足の私は瞬く間に距離を離されてしまった。

杉山さんが「もうひとりいます！」と引き留めてくれたおかげで、なんとか私もバスに乗れた。

バスは私達以外に誰もいなかった。さすが、閑散期と言えばいいのか。

「永野先輩、間に合わないと思ってしまいました」

「スニーカーを履いていたからね。いつもよりは速かった気がする！」

「さすがですね」

それにしても、キャリーバッグがないだけでこれだけスムーズに行動できるとは。思っていた以上に快適だ。

「先にキャリーバッグをホテルに送っておくと、こんなに楽なんだね」

「そうなんですよ。駅でも、キャリーバッグがあると地味にキツイですからね」

これまでの旅疲れの一部は、キャリーバッグの持ち運びのせいだったのかもしれない。目的地に辿り着いてもここまで元気なのは、初めてだろう。

「それと、やっぱり少人数行動のほうがいいですね。団体だと、バスに間に合うためのダッシュとかできないですもん」

「それはたしかに」

たくさんの人達と時間を決めて行動するのもいいけれど、今日みたいに全力疾走で予定になかったバスに乗るのも楽しい。

今回、総務課女性陣と分かれてしまったが、私達がふたりで長崎市の観光をしたいと言っても、特に妙な雰囲気にならなかった。ホッと胸をなで下ろしている。

「なんか、わりとあっさり理解してもらえてよかったね」

「それはもう、永野先輩のおかげですよ。普段から、総務課女性陣と良好な関係を築いているので。私ひとりだったら、総スカンですよ」

「そんなことはないと思うけれど」

「あるんですよ。前にも話しましたけれど、私、今までの人生、女性受けが悪かったんで。あ、男性受けもあんまよくないか。なんていうか、人に距離を置かれがちなんですよ」

杉山さんと仲良くなれたのは、私が教育係だったからだ。杉山さんは虎のような肉食系美人だが、話してみると面白いし、案外しっかりしている。

「なんか、人間関係って、損得勘定で動く人がほとんどなんですけれど、永野先輩は私と一緒にいても得なんかしないのに、こうして一緒にいてくれるところがけっこう好きですね」

「す、杉山さん……！」

そんなふうに考えてくれていたなんて、とても嬉しい。

「私も、杉山さんが好き」

「私達、両想いですね」

なんて会話をしているうちに、長崎駅へと到着した。そして本日二回目の、バスの時間に間に合わせるためのダッシュを行った。

「永野先輩、バス乗り場、こっちです。走ったら、次のバスに間に合いますので」

「ま、待って……！」

なんとかバスに乗車する。ぜーはーと息を整えながら席についた。まさか、一日に二回も全力疾走するなんて。杉山さんは普段から走り込みをしているのか、息が切れる様子は見られなかった。

鞄の中に潜むジョージ・ハンクス七世を確認する。ふわふわポーチに挟まれて、熟睡しているようだった。丸めたマフラーを枕代わりにしている姿がなんとも可愛らしい。朝から張り切っていたので、疲れてしまったのだろう。ゆっくり休んでほしい。

大人しくバスに乗ること三十分――ペンギン水族館前、というバス停で下りる。

「あれが、ペンギン水族館!?」

「違います。あれじゃないです」

今日のために、杉山さんはいろいろ調べてきてくれたらしい。ツアー添乗員のように、現地のあれこれに詳しかった。

「ペンギン水族館への道はあっちです」

道路側から見える建物は別の施設らしい。木漏れ日が差し込む道を通り抜けた先に、ペンギン水族館はあった。

「今度こそ、ペンギン水族館だ!」

「間違いないです」

ここでは地球上に存在する十八種類のペンギンのうちの九種類、百七十羽を飼育しているらしい。いったいどんなペンギンがいるのか、とても楽しみだ。

長崎市の郊外に位置するペンギン水族館は、海のすぐ傍にある。土、日、祝に限定するが、海でペンギンが泳ぐ様子を間近で観察できる『ふれあいペンギンビーチ』も行っているらしい。

入場券を購入し、中へと入る。まず、目に飛び込んできたのは、巨大な水槽。そこでは、ペンギン達がゆうゆうと水をかきわけていた。

「わー、すごい! 見て、杉山さん、ペンギンが泳いでる」

「ペンギンって、こんなに素早く泳げるんですね」

「だね。泳ぎ、とっても上手!」

ペンギン達は水の中を縦横無尽に泳いでいた。地上のよちよち歩く姿から想像できないくらいの、俊敏さである。

水槽に長い管のようなものが通っているが、なんでもそれは給餌装置らしい。そこから魚を流して、水中でペンギンがキャッチするのだろう。他の水族館ではあまり見ない、斬新な試みだ。

二階に上がって、次なる展示に挑む。

「ここはペンギンじゃなくて、魚なんだ」

「ペンギンしかいないと思っていました」

「だねえ」

ペンギン水族館と名乗っているものの、カタクチイワシの群れや、クラゲ、ウナギに長崎近海に生息する魚の展示などなど、ペンギン以外の生き物も展示されていた。

中でも驚いたのは、世界最大級の淡水魚プラー・ブックが堂々と泳ぐ姿だろう。ナマズの仲間で、別名メコンオオナマズと呼ばれているそうな。最大三メートルにまで成長するらしい。

なんでもこのプラー・ブック、タイのメコン川にしか生息していない大変珍しい魚で絶滅危惧種なのだとか。日本でも展示されているのは長崎県のペンギン水族館と、岐阜県のアクア・トトぎふ、神奈川県のカワスイ川崎水族館の三カ所のみらしい。

神の使いとも呼ばれているようで、そんな話を聞くと神々しく思えてくるから不思議だ。

魚の展示エリアを抜けた先は、再びペンギンである。ペンギン達がよちよち歩き、プールに時折飛び込んでいる。水を覗き込むと、あることに気づいた。

「杉山さん、ここのプール、下の水槽と繋がっているんだ！」

「あ、本当ですね。面白いです」

一階では水中のペンギンを披露し、二階では地上のペンギンを見せてくれる。一粒で二度おいしいみたいな展示方法だ。

「永野先輩、オールバックのペンギンがいますよ」

「本当だ！　可愛い」

オールバックのペンギンは『イワトビペンギン』というらしい。南アメリカ大陸南部や、南極大陸周辺で見られるペンギンなのだとか。

よちよち歩くペンギンが多い中で、イワトビペンギンはぴょこんと跳んで移動するのが特徴らしい。ちなみに、ペンギン水族館にはキタイワトビペンギンと、ミナミイワトビペンギンの二種類がいるようだ。

「だから、イワトビペンギンって呼ばれているんだ」

「そうじゃなかったら、絶対にオールバックのペンギンって名前になっていますよね」

「そんな単純な名付けなのかな？」

「だって、でかいペンギンにキングペンギンとか、エンペラーペンギンとか付けるくらいですよ」

「言われてみたら、たしかに」

ここに展示されているのは、南極周辺に生息するペンギン達。キングペンギンにジェンツーペンギン、ミナミイワトビペンギンにヒゲペンギン、キタイワトビペンギンの五種類。

他にも南極にはエンペラーペンギンやアデリーペンギンが生息しているようだが、ここにはいないようだ。現在、エンペラーペンギンを日本で飼育しているのは和歌山県にあるアドベンチャーワールドと愛知県にある名古屋港水族館の二カ所のみらしい。

ただ、ペンギン水族館の前身である長崎水族館時代に、エンペラーペンギンを飼育していた時期があったようだ。

なんでも捕鯨船を通してペンギンがもたらされ、長崎の地で暮らすこととなったという。飼育期間は二十八年五ヶ月。かつての記録は今も破られていない。

展示されている剝製は立派なものだった。

「食糧難をきっかけに、日本は南氷洋で捕鯨を開始したんだけど、そのさいに、ペンギンが捕鯨船に飛び乗ってしまって、連れて帰ったんだって」

長崎には捕鯨基地があり、ペンギン達もそのまま長崎へ託されたようだ。そこから、ペンギンと長崎県の深い関係ができたらしい。

「なんか大のペンギン好きがいて、そこから始まった水族館だと思っていました」

「歴史があったんだね」

その後、世界最小のコガタペンギンを愛でたあとは、外に繋がる扉を通り抜けて階段を下りる。そこには、温帯性気候の地域に生息しているペンギンが展示されていた。

「温かい場所に住むペンギンもいるんだ！」

「みたいですね。なんかペンギンって、寒いところにいるイメージでした」

温帯ペンギンゾーンで展示されているのは、フンボルトペンギンとマゼランペンギン、ケープペンギンの三種類。先ほど見たコガタペンギンも、オーストラリアからニュージーランド辺りに生息する、暖かい地域のペンギンのようだ。

一階に下りた先には、お土産屋さんがあった。当然、ペンギンのぬいぐるみは購入するだろう。

「永野先輩、大きいぬいぐるみにするんですか？」

「うーん、どうしよう。キャリーバッグには入らないから、手で持ち歩くことになるよね」

「小さいのにしたらどうですか？」

「そうしようかな」

まず、ペンギンのぬいぐるみを確保する。続いて、キーホルダーを眺める。革製の、オシャレなキーホルダーがあった。長谷川係長とお揃いで買おうか、なんて考えていたら杉山さんが背後から話しかけてくる。

「彼氏さんにもお土産ですか？」

「う、うわー！」

「ちょっ、そんなに驚かないでくださいよ」

「ご、ごめん」

まさか、杉山さんに観察されていたとは、夢にも思っていなかったのだ。ひとまず、キーホルダーは購入しよう。長谷川係長と一緒に行動はできないけれど、社員旅行の記念として買っておこう。

両親にはお菓子を、叔母にはいつ会えるかわからないのでハンカチとペンギンのマスコットにしておいた。

お土産屋さんを通り過ぎると、売店があった。ここでは、ペンギン水族館ならではのスイーツが販売されているらしい。

「永野先輩、ペンギンパンケーキとかありますよ」

「へー、そんなのがあるんだ」

昼食前だが、軽く食べるくらいならば問題ないだろう。

ペンギンパンケーキとは、人形焼きのようなものだった。生地はふわふわで、中のあんこはほどよい甘さだ。見た目は可愛いし、おいしいし、幸せになれるスイーツだった。

大満足な状態でペンギン水族館をあとにする。

先を歩いていた杉山さんは私を振り返り、次なる目的を発表した。

「永野先輩、お昼はトルコライスにしましょう！」

「トルコライスって何？」

「見てからのお楽しみです」

バス停から徒歩で辿り着いたのは、古き良き純喫茶という佇まいのお店。そこは創業四十年以上にもなる老舗の喫茶店のようだ。

扉の脇には蔓《つる》植物が絡んだ甲冑《かっちゅう》騎士の姿が……。なんとも不思議な雰囲気を醸し出している。

店内は昭和レトロといった感じで、タイムスリップしたような感覚を味わえる、とてもすてきな雰囲気だった。

ここで、トルコライスについての正体が明らかとなる。

「こ、これがトルコライス！」

ワンプレートの上にドライカレーとんかつ、スパゲッティ、上からカレーがかかった、大人のお子様ランチといった雰囲気の料理だった。フライはとんかつの他に、魚フライやコロッケ、クリームコロッケの四種類の中からひとつを選べるらしい。

「おいしそうかも！」

「でしょう？　私は王道のとんかつにします。永野先輩はどうしますか？」

「私は、クリームコロッケにしようかな」

「了解です」

それにしても、なぜこの料理がトルコライスと呼ばれているのか謎である。

スパゲッティはイタリア発祥で、ドライカレーやとんかつは日本の料理だったような？

その辺も、杉山さんが調べてきてくれたらしい。

「なんか、いろいろ説があるらしいですよ」

まず、トルコにこのような料理がないことは確からしい。日本で生まれた、正真正銘の日本料理なのだとか。

「トルコはイスラム教徒が多いですからね。まず、豚を食べないので」

「あ、そっか。そうだよね」

「私が個人的に納得できた由来は、ドライカレー、とんかつ、スパゲッティと三つの料理を盛り合わせている点が、三色を意味するトリコロールに似ているところから、トリコがトルコになってトルコライスと呼ばれるようになった説がわかりやすいなと思いました」

「たしかに！　三食と三色で、意味が繋がっているような気がする」

他にもさまざまな説があるようだ。そんな話を聞いているうちに、トルコライスは運ばれてくる。

時刻は十四時前。お腹はぺこぺこだ。

ボリュームたっぷりのトルコライスをいただく。クリームコロッケはサクサク、濃厚。上にかかっているカレーは何日も煮込んだような深い味わいであった。空腹に沁《し》み入るようなおいしさである。

最後まで飽きずに、ぺろりと平らげてしまった。

「永野先輩、食後のデザートはいけますか？」

「いけそうです」

「だったら、ミルクセーキを頼みましょう」

「長崎のミルクセーキって、飲むやつじゃなくて、食べるやつだっけ？」

「そうみたいです」

外は寒いが、店内は暖かい。それに、ピリ辛なカレーを食べたので若干火照った状態だ。体を冷やすのに、ちょうどいいだろう。そんなわけで、ミルクセーキを注文する。

このお店では、六種類のミルクセーキが販売されているようだ。ミルク味の他に、オレンジ、バナナ、パイン、抹茶、ココアなどなど。

「やっぱり、王道のミルクかな」

「私もそれにします」

ミルクセーキについては以前母から、「長崎のミルクセーキは他とひと味違う」という話を聞いていた。

「へえ、永野先輩のお母さんって、福岡出身なんですね」

もつ鍋に博多ラーメン、水炊きに鉄鍋餃子《ギョーザ》、明太子——福岡に遊びに行ったときは、おいしい名物をたくさん食べさせてもらった。社員旅行が福岡のさいは、観光案内は任せてほしい。

観光地の名物話に花を咲かせているところに、ミルクセーキが運ばれてくる。

切子のグラスに山盛りになったミルクセーキが、目の前に置かれた。

「おお、こ、これは……！」

「見た目、パンチがありますね」

これはすごい。そう思いつつ、店員さんに許可を取って写真を撮った。浅草に戻ったら、長谷川係長にも見せなければ。

溶けないうちにいただく。スプーンで掬《すく》い、口へと運んだ。

「んん、冷たい。でもおいしい！」

味わいは練乳のような濃厚なミルク味。氷は泡雪のように繊細だった。時折感じるシャリシャリという食感も、いいアクセントになっていた。

最初見たときに食べきれるか心配になったものの、完食してしまった。

「永野先輩、小食なので絶対残すかと思っていました」

「いろいろ歩き回ってお腹ぺこぺこだったからね」

トルコライスとミルクセーキ、どちらもたいへんおいしくいただいた。

その後、元気があった私達は眼鏡橋周辺で観光を楽しむ。路面電車を使って移動し、日本最古の唐寺『興福寺《こうふくじ》』を見学し、チョコレート専門店で世にも珍しい和のチョコレートを購入し、眼鏡橋でハート形の石を探す。最後に『崇福寺《そうふくじ》』に行き、圧倒されるような赤い山門に感動を覚える。

夕食は茶碗《ちゃわん》蒸《む》し専門店で、おいしい茶碗蒸しと蒸寿司《むしずし》をいただいた。

夜は会社指定のホテルで一泊。

宿泊するホテルは、ポルトガルの宮殿をイメージしたようなすっきりと洗練されている佇まいだった。窓はステンドグラスになっており、どこか修道院を思わせる。どこを見渡しても、異国情緒溢《あふ》れるホテルだ。

他の社員も宿泊しているようだが、自由行動のため顔を合わせることはなかった。

杉山さんは明日に備えて、早めに休むという。

「永野先輩が飲みたいって言うんだったら、付き合いますけれど」

「いや、私も早く休みたいかな」

「いやはや、私達、とんでもなく気が合いますねえ」

「本当に」

毎年の社員旅行では、ホテルに戻ってからも飲み会があった。二軒ほど居酒屋をはしごし、最後は部屋で飲むのが定番だったのだ。

私は体力がないので、くたくたになっていたのが正直な話である。

杉山さんはノリノリで参加しているように見えたが、場の空気に合わせているだけだったようだ。


「永野先輩、今日は付き合ってくれて、ありがとうございました」

「え、私のほうがありがとうだよ。杉山さんのおかげで、おいしいものをたくさん食べられたし、観光も楽しめた」


もっと行き当たりばったり的な旅を想像していたが、杉山さんは長崎について勉強した上でいろいろと導いてくれた。おかげさまで、楽しい一日を過ごせた。

「よかったです。無理に付き合わせたんじゃないかって、ちょっと反省していたんです」

「そんなことないって。明日も楽しみにしているね」

「はい！」


そんな言葉を交わし、杉山さんと別れる。

ゆっくり休んで、翌日に備えなくてはならないだろう。

部屋には東京から送ったキャリーバッグが到着していた。荷解《にほど》きする前に、鞄の中にいるジョージ・ハンクス七世を覗き込む。乾燥野菜を頬張っているところだった。

『おう、遥香。今日は楽しかったか？』

「うん、とっても楽しかった」

『よかったな！』

そっと差し出されたのは、スマホだった。長谷川係長からメールが届いているという。

何かあったのかと思っていたが、杞憂《きゆう》だった。今日は男性陣と軍艦島に行ったようで、楽しそうに写る桃谷君と山田先輩の写真が添付されていた。長崎観光を満喫したようで、何よりである。私もペンギンの画像を送り、充実した一日だったと報告する。

文字を打っていると、だんだん眠くなる。まだ二十時過ぎだというのに、猛烈に眠たい。

「うう、お風呂に入らないと」

『遥香、眠たいときに風呂に浸かるのは危険だぞ。手と足だけ洗って、明日の朝に入れ』

「ううん、そうしようかな」

服を着替えて、ホテルに備え付けてあった寝間着をまとい、顔を洗って化粧を落とす。歯を磨いたあと、泥のように眠ってしまった。

翌日――輝かんばかりの冬晴れだ。シャワーを浴びてシャッキリ目を覚ます。

杉山さんは朝からバッチリメイクで現れた。

「永野先輩、おはようございます」

「おはよう」

「お腹空いたので、早く行きましょう」

「そうだね」

朝食は一階にあるレストランで、ブッフェ形式の食事をいただく。

店内は宮殿の晩餐会《ばんさんかい》が行われる食堂のような雰囲気だった。なんとも瀟洒《しょうしゃ》なお食事の会場である。

そこには、長崎の料理がこれでもかと並んでいた。皿うどんや長崎かまぼこ、それから『ハトシ』なる、初めて見る食べ物もあった。ハトシというのは、海老《えび》のすり身に食パンを巻いて揚げた長崎の郷土料理らしい。

デザートコーナーにはカステラも置いてあった。普段見かける朝食ブッフェとは異なるメニューの数々に、わくわくしてしまった。

どれもおいしく、ついつい食べ過ぎる。杉山さんに「中華街で食べ歩きするの、忘れてました？」などと呆れられてしまった。反省である。

チェックアウトの時間までホテルで休み、お土産を詰めたキャリーバッグは再び荷物として東京に送る。これで、中華街でも身軽な状態で散策できるだろう。

十時にホテルを出る。そこから向かう先は中華街だ。

路面電車で移動し、それほど待つことなく到着した。

長崎新地中華街——十字路に三十ほどの店が並ぶ、日本三大中華街のひとつだ。

ここに、杉山さんが目的としていた薬屋カフェがあるらしい。

その前に、何か買い物をしようと誘われる。まず立ち寄ったのは、フルーツ大福のお店。

フルーツを模した可愛らしい外見で、味だけでなく見た目も楽しめるようだ。中でも気になったのは、カステラ大福である。カステラを白あんと餅で包み込んだ長崎ならではの一品らしい。気になるフルーツ大福と共に購入した。

それ以外にも、興味を引く店や食べ物を発見する。

蒸したてあつあつの角煮まんに、揚げたてのゴマ団子、朝食のビュッフェで食べたハトシ、桃饅頭《まんじゅう》に海老春巻きなども売られているようだ。

「永野先輩、中華調味料入りのソフトクリームとかありますよ」

「た、食べるのに勇気がいるやつだ」

杉山さんは食べ物で冒険したくないタイプらしい。私は夏だったら、挑戦していたかもしれない。今日はよく晴れているものの、風はけっこう冷たいから今回は断念する。

中華雑貨や菓子を購入し、満足いくまで散策したところで、薬屋カフェを目指した。

「お昼はちゃんぽんにするか、皿うどんにするか迷っているんですよ」

「私はまだお腹いっぱいだから、杏仁《あんにん》豆腐とかだけでいいかな」

「せっかく長崎に来たのに、杏仁豆腐だけって――あ！」

突然、杉山さんが立ち止まる。どうかしたのかと聞いたら、腕を伸ばして前方を指差した。そこにいたのは、長谷川係長と桃谷君。

「げっ、桃谷だ」

「長谷川係長もいますね」

向こうも私達に気づいたようだ。桃谷君は嬉しそうに手をぶんぶん振っている。

「うわー、びっくりした。永野先輩も今日は中華街だったんですね！」

「桃谷、私もいるけれど」

「あ、杉山先輩、どーも」

「本気で私が見えてなかったの？」

「すみません」

桃谷君の酷い発言を受け、杉山さんは手をボキボキ鳴らし始める。桃谷君は急いで長谷川係長の背後に逃げ込んでいった。

「長谷川係長、桃谷君とふたりきりなんですか？」

「他の人達は雲仙のほうに行くらしくて」

「雲仙って温泉街でしたっけ？」

「そう」

桃谷君がひとりだけ「中華街に行きたいです！」と言ったので、長谷川係長は心配になってついて行くことに決めたらしい。

「昨日の様子を見ていたら、ひとりにできなくて」

軍艦島に行くまでに、犬や鳥、猿に絡まれていたらしい。本日の桃谷君も、朝からホテルの看板犬に追いかけ回されたり、平和の象徴である白い鳩《はと》にたかられたり、ペットホテルから逃げ出したコモンリスザルを発見したりと、相変わらずの人気っぷりだった。

「いやー、大変だったんですよ。逆ナンのダシに使われて」

「動物に絡まれた件が大変だったんじゃないんだ」

「それはいつものことです」

　今日の桃谷君の苦労——それはここに到着するまで、女性から声をかけられまくって困っていたことらしい。

「いや、逆ナンされて喜んでいたら、だいたい相手の目的は長谷川係長なんですよ！　俺は話しかけやすいから声をかけただけみたいで！　酷くないですか？」

「まあ、なんというか、災難だったね」

「本当ですよ！」

　ちなみに昨日は男性社員が長谷川係長を取り囲んできゃっきゃと楽しそうにしていたため、女性達は遠巻きに長谷川係長を見るだけだったらしい。

「永野先輩達はナンパとか大丈夫でした？」

「ぜんぜん。誰も気にしてなかったよ」

「まあ、杉山先輩がいたら男は怖くて声かけてこないでしょうね」

「桃谷、それ、どういう意味!?」

「杉山先輩は強面《こわもて》ギャルで怖いって意味です」

「こいつ！　強面ギャルとか初めて言われたし」

杉山さんが繰り出した鋭い拳を、桃谷君は軽やかに避《よ》けていた。さすが元剣道部、反射神経がとてもよい。

ここで桃谷君がとんでもない提案をする。

「そうだ！　ここから先、ダブルデートっぽくしません？　もう長谷川係長に興味ある女性の対応をするのに疲れてしまったので」

杉山さんは即座に嫌そうな表情を浮かべる。するとすかさず、桃谷君が言葉を付け加えた。

「一緒に行動したら、長谷川係長が高級ちゃんぽんを奢《おご》ってくれるかもしれないですよ」

「高級ちゃんぽんって？」

「なんでも、フカヒレが乗ったちゃんぽんがあるらしいですよ」

「へえ、おいしそうかも」

杉山さんは一瞬で笑顔になり、「長谷川係長、一緒に観光を楽しみましょう！」などと言い始める。

「まあ、別に構わないけれど」

「よっし！　ありがとうございます」

そんなわけで、長谷川係長と桃谷君と一緒に中華街を観光することとなった。

「じゃあ、カップルの設定はですね、長谷川係長と杉山先輩、俺と永野先輩ですね！」

桃谷君が発表した瞬間、長谷川係長は素早く彼の肩を掴んで引き寄せ、耳元で囁く。

「桃谷、もう一回言ってみ？」

「いや、なんでもないです」

杉山さんが顔を逸らした一瞬の出来事であった。桃谷君は顔色を悪くさせて、長谷川係長から素早く距離を取る。

「カップル分け、たしかに永野先輩と長谷川係長っていうより、桃谷のほうが合っているよね」

「いやいや、杉山先輩、そんなことないですよ。永野先輩と長谷川係長、意外とお似合いかもしれません。よっ、意外性カップル！」

桃谷君は震える声で言い切った。長谷川係長のたまにでるドスの利いた言葉に怯《おび》えているのだろう。

「ほら、長谷川係長と私、案外お似合いじゃないですか？」

長身の杉山さんと長谷川係長は、たしかにお似合いのカップルに見える。私と立っていると、身長差があって凸凹感が否めないから。

「杉山先輩、長谷川係長狙いだったんですか？」

「いやいや、ないない。長谷川係長はもっと、癒やし系の彼女のほうがお似合いですって」

「杉山さんは脅し系ですもんね」

「は？」

「脅し系ですよねって言いました」

「聞き返したんじゃないし！」

だんだん桃谷君と杉山さんの息が合い始めているような気がしてきた。掛け合いが面白すぎた。

「桃谷と話していたら疲れた！　カフェに行きましょう」

ちょうど、薬屋カフェは近くにあるらしい。杉山さんが指差す。

「あそこです、薬屋カフェ！」

街角のオシャレな喫茶店という雰囲気のお店だが、中華街に相応《ふさわ》しく、出入り口は中華門をイメージしたような造りになっている。ちょこんと小さな看板が立っており、『薬屋カフェ　六《リウ》』と書かれてあった。

「杉山先輩、薬屋カフェってなんですか？」

「体にいいメニューが自慢の薬膳カフェっぽい」

「へえ、こんなお店があるんですねー」

通路側はガラス張りで、カウンター席のようになっている。中を覗き込んだが、お客さんはいないようだ。

杉山さんはSNSで話題だと言っていたが、はて……？

もしかしたら開店していないのではと思ったが、看板を見ても営業中であった。杉山さんが道場破りをするような勢いでカフェの扉を開く。

店内はシーンと静まり返っていたが、すぐに奥のほうからドタバタと音が聞こえる。ひょっこり顔を覗かせたのは、青い中華服をまとう青年だった。

「いらっしゃいませ！」

にっこり微笑むイケメン――彼が、杉山さんが目的としていた人物だ。今回の旅行で一番の笑みを、杉山さんは見せていた。

そういえばと思い出す。長谷川係長がきたときも、こんなふうに嬉しそうにしていた。単純に、イケメンが好きなのだろう。

「よかった。今日、お客さん来ないかと思っていたんです。どうぞ、お好きな席へ！」

ものすごく人懐っこそうな雰囲気の店員さんだ。笑顔が無邪気で、つられて笑いそうになった。

席に着き、革張りのメニュー表を開くと、選びきれないくらいのお茶の名前が羅列されていた。名前は全部漢字なので見ただけではわからないが、きちんとどんなお茶かひとつひとつ画像付きで説明されている。

「うーん、どれにしよう」

迷っていたら、店員さんがやってきた。

「今、どんなお茶を飲みたいですか？　お選びしますよ」

「え、えーっと、飲みやすいお茶はありますか？」

「飲みやすい……。お客さん、紅茶は好きですか？」

「大好きです」

「だったら、紅茶に近い、甘くてフルーティーな香りがある東方美人《ドンファンメイレン》はいかがでしょうか？」

「それでお願いします」

他の人にも同じように飲みたいお茶を聞いて、丁寧な説明と共に紹介してくれた。

本日のおやつは、白玉団子のきなこまぶし。それも一緒に注文する。

「お客さん達、東京からいらっしゃったんですか？」

「そうなんです。SNSで見かけて、絶対に来ようと思っていました」

「嬉しいです。マスター、誰もSNSを見ていないとぼやいていたので、きっと喜びます」

杉山さんのコミュニケーション能力がすごい。初対面の人とこんなに話が盛り上がるなんて羨ましく思ってしまう。

にこにこ話していた店員さんが、思いがけない提案をしてきた。

「よろしかったら、伝統的な中国の服でお茶を飲んでみませんか？」

サッと、四人分のリーフレットが配られる。そこには『特別企画、中国の伝統衣装でカフェタイムを楽しみませんか？』と書かれてあった。

定番のチャイナドレスや、カンフー服、漢服など、さまざまな種類を揃えてあるようだ。

「いつもはおひとり様千五百円いただいているのですが、今日は他にお客さんもいないので、特別にサービスしますよ」

「やります！」

杉山さんが元気よく返事をする。

あれよあれよという間に、中国の伝統衣装を着てお茶を楽しむこととなった。

桃谷君は嫌がると思いきや「面白そうですね！」と乗り気である。長谷川係長は反応する前に、桃谷君に連れ去られてしまう。

「永野先輩もいきましょうよ」

「あ、うん」

私も流される形で、中国の伝統衣装をまとうこととなった。

「そういえば、店員さん、SNSは誰も見ていないとか言っていたけれど、盛り上がっているんじゃなかったの？」

「盛り上がっているのは、店員のお兄さんが写ってる客のアカウントですよ。店のアカウントはいつも地味なお茶の画像しか上がっていないので、反応のしようがない感じですね」

「そ、そうだったんだ」

店の奥にある更衣室に入ると、ずらりと色とりどりな衣装が並べてあった。

「やっぱりチャイナドレスですよね。永野先輩はどうしますか？」

「私は、チャイナドレスはちょっと……」

[illegible]抜群の美女が似合う服だろう。私みたいなのが着たら、シルエットから残念な感じになるに違いない。

杉山さんが選んだのは、真っ赤なチャイナドレス。足首までと丈が長いものだが、腿《もも》辺りまでしっかりとスリットが入っている。

そのデザインをチョイスできる勇気がすばらしい。金の刺繍《ししゅう》で龍が刺されていて、大変強そうなデザインだった。

「なんかチャイナドレスって、着るのも難しそう」

「大丈夫ですよ。こういうタイトな服、着慣れているので」

そう言って杉山さんは着ていた服をぽいぽい脱ぐと、手慣れた様子でチャイナドレスをまとう。

「どうですか？」

「すごい似合っている！」

「ありがとうございます。じゃあ、次は永野先輩の服をチョイスしましょうか」

「あ、大丈夫。自分で選ぶから！」

だぼっと着られるカンフー服にしようと思っていたのに、杉山さんが選んだのは華やかな漢服だった。ブルー系の一式で、中国の掛け軸に描かれる美しい仙女がまとっていそうな、きれい系の服装である。

一見して着物に似ていると感じるが、構造が異なる。漢服は上下分かれた形になっているのだ。

「これにしましょう。他のお客さんが待っているかもしれないので、手早く着替えましょうね」

そう言って、するすると服を脱がされる。自分ですると訴えても、聞く耳を持っていなかった。あっという間に、それっぽく服を着せてくれた。

「永野先輩、カツラもありますよ。その髪型だとせっかくの漢服が似合わないので、かぶっちゃいましょう」

「いや、さすがにカツラは……」

「はい、被せますねー」

すでに髪を結った状態の、扮装《ふんそう》用のカツラらしい。一緒に置いてあった髪飾りも、私に許可をとることなくサクサクと挿していく。

「最後にメイクですね！」

杉山さんが化粧ポーチから取り出したのは、真っ赤なアイライン。それを今から塗るのかと、ギョッとする。

「え　赤!?」

「そうです。臉譜《れんぷ》っていう、中国の魔除けメイクなんですよ」

「魔除け……？　な、なんでそういうの知っているの？」

「なんかギャル系の雑誌で見ました。乗り気じゃない合コンのときにしていくと、変な男に引っかからないとか書いていましたね。強そうに見えるので、勝ちたい気持ちが高まったさいに施します」

「最近のギャル系雑誌って、すごいんだね」

そんな話で盛り上がっているうちに、杉山さんは問答無用で赤いアイラインを入れてくれる。

「よし、完成しました！」

姿見で確認すると、違和感なくまとまって見えた。

「永野先輩、鬼可愛いですよ」

「鬼……」

突然発せられた鬼というワードにどぎまぎしつつも、似合っていないわけではなかったので安堵する。

「じゃあ、戻りましょうか」

「う、うん」

桃谷君や長谷川係長からどのような反応があるのか、ドキドキである。また、ふたりがどんな恰好をしているのか、楽しみでもあった。

席に戻ると、すでに桃谷君と長谷川係長が座って待っていた。先に私達に気づいたのは桃谷君だった。

「あ、長谷川係長、永野先輩達きましたよ！」

桃谷君はカンフー服を選んだようだ。普段の私服もだぼっとした服を着ていることが多いので、パッと見た感じまったく違和感がない。

一方で、長谷川係長は漢服をまとっていた。服はくすんだ空色と言えばいいのか。落ち着いた色合いの服に黒い羽織を合わせている。当然、ドンピシャに似合っていた。

「永野先輩、本格的でいいですね。杉山さんも、さすがって感じです」

長谷川係長はシンプルに「ふたりとも似合っているよ」とだけ発言。昨今はなんでもセクハラになってしまうので、無難な言葉のチョイスだろう。

店員さんがやってきて、これでもかと褒めてくれた。

「うわー、皆さん、大変すてきですね！　お似合いになるだろうと、確信していました――

一緒にお茶とお菓子が運ばれてきた。金魚が描かれた可愛らしい湯呑みに、先ほど頼んだ東方美人が注がれる。

ふんわりと、蜜のように甘く爽やかな香りが漂ってきた。一口飲んでみると、たしかに紅茶に似ている。味わいは上品で、ほんのりと甘さを感じた。

杉山さんが注文したのは、美容効果がある玫瑰花《メイグィファ》。ハナマスという花を乾燥させたのを、他の茶葉とブレンドしたものらしい。

桃谷君が頼んだのは、白毫銀針《パイハオインヂェン》。ストレス解消によいお茶らしい。朝から動物に絡まれ、逆ナンのダシに使われ、大変だったので心穏やかになれるような一杯をリクエストしたようだ。

最後に、長谷川係長の前に運ばれてきたのは敬亭緑雪《ジンテインリユーシュエ》。中国茶には慣れていないため、飲みやすいお茶がいいと注文したようだ。癖がなく、やわらかな味わいがするという。

白玉団子のきなこまぶしも、白玉が驚くほどやわらかく、きなこも香ばしくて大変おいしかった。お茶と共に、味わっていただく。

最後に、それぞれのスマホで記念写真を撮ってくれた。

「ありがとうございます」

「いえいえ。お楽しみいただけたようで、何よりです」

何を思ったのか、桃谷君が挙手して質問する。

「あの、トイレに飾ってあった怖い顔のおじさんの掛け軸って、なんか意味あるんですか？」

「怖い顔？　ああ、鍾馗《しょうき》ですね。あれは、中国の鬼なんですよ」

鬼と聞いて、ギョッとする。

桃谷君や長谷川係長は、少々目を見張る程度だった。

「どうして、トイレに鬼の絵を飾っているのですか？」

「魔除けの効果があるからです」

なんでも一時期、トイレットペーパーを盗む輩《やから》がいたらしい。困り果てたマスターに相談され、店員さんは魔除け効果のある鍾馗の掛け軸を飾ったようだ。それ以降、トイレットペーパーは盗まれていないという。

桃谷君は続けて質問する。

「どうして中国では、鬼に魔除けの効果があるのですか？」

「それはですね、少し長くなりますが……お時間大丈夫ですか？」

「大丈夫です」

「でしたら――」

店員さんは丁寧に説明してくれた。

まず、中国と日本の鬼の定義は、まったく異なるという。中国では、死して未練や怨みなどを持つ者が、鬼と呼ばれる悪霊となるようだ。

「鍾馗はその昔は人間だったのですが、科挙に落ちた自分を恥じて、自殺してしまったんです」

科挙というのは、中国で行われていた官吏の採用試験である。

自死した鍾馗は当然、官吏になれなかったという大きな悔いを残してしまう。そのため、鬼と化してしまった。

そんな鍾馗を唐の初代皇帝李淵《りえん》は哀れに思い、丁重に葬った。結果、鍾馗は悪さをせず、李淵の子孫である六代目皇帝玄宗《げんそう》を病魔から救った。李淵から受けた恩を、玄宗を通して返したのだという。

それからというもの、玄宗は鍾馗を魔除けの象徴とし、札や絵巻に描いて臣下に配った。

「悪《あ》しき鬼も、真心を持って祀《まつ》ったら神になる、というお話ですね」

鍾馗信仰は、なんと室町時代の日本にも伝わっているらしい。

「五月人形として飾られるヒゲのおじさん、あれが鍾馗なんですよ」

驚きの情報である。まさか、身近に鍾馗がいたなんて思いもしなかった。魔除けの象徴として、子どもの成長を願うために飾っていたのだろう。

ちなみに、五月人形は鍾馗だけではない。桃太郎や金太郎、神武天皇の他に兜《かぶと》や鎧《よろい》飾りなども室内に飾る内飾りとして五月人形のくくりに入っているらしい。

「ヒゲの五月人形は二種類あるのですが、ヒゲがもじゃもじゃなのが鍾馗、弓矢を持ったツインテールのヒゲが神武天皇と覚えておけばわかりやすいかもしれません」

歴史の教科書で見た神武天皇を思い出し、笑いそうになってしまった。果たしてあの髪型はツインテールと言っていいものか。言葉のチョイスが面白すぎる。

それにしても、日本と中国では鬼のくくりが異なるとは。

しかし、日本にも『鬼神』と呼ばれる存在がいる。信仰によって悪しきものが神と呼ばれるようになるのは、どこの地域も同じようだ。

興味深い話を聞けてよかった。気さくな店員さんとおいしいお茶とお菓子、楽しい空間を提供してくれる『薬屋カフェ　六』。近所にあったら、何回でも通いたくなるようなお店である。

ちなみに、一度着た衣装は洗濯するらしい。脱いだものは、着用済みと書かれたカゴの中に入れておく。

「そういえば杉山さん、あの店員さんの連絡先とか聞かないの？」

「え、なんでですか？」

東京からはるばる彼目当てにやってきたのだ。それくらいするのかと思っていたが、そんなつもりはないという。

「最近気づいたのですが、イケメンって芸術品なんですよ。お触りNG。完全に鑑賞用なんです」

「そ、そうなんだ」

私がピンときていないのがバレたからか、杉山さんは熱弁を始める。

「ダビデ像と付き合いたいかと聞かれたら、それはちょっと違うなと思いますよね？」

「それはたしかに」

「私にとって、イケメンはアカデミア美術館に収蔵されているダビデ像も同然。近くで見たいけれど、自分の物にしようとは思わないんですよね」

「そっか、なるほどね」

杉山さんのイケメンに対する敬意と姿勢を、正しく理解させていただいた。

「っていうか、あの店員のお兄さん、左手の薬指に結婚指輪してましたからね！」

「あ、既婚者だったんだ」

「みたいです。いいですよね、仕事中も肌身離さず結婚指輪をしてくれる男性って。会社で結婚指輪を外している人を見かけるたびに、がっかりするんですよ」

「私、事務作業の邪魔になりそうだから、指輪外しちゃうかも」

「永野先輩も、そのタイプでしたか」

「ご、ごめん」

「ま、店員のお兄さんも接客するときにはさすがに外してましたけれど」

いつか、私が結婚指輪を嵌めて仕事をするときがやってくるのか。長谷川係長と結婚の約束はしたものの、未来は何が起こるかわからない。その辺は、神のみぞ、知りうるものなのだろう。

さて、時刻は十二時前。けっこう長い時間滞在してしまったようだ。

お土産として中国茶を買ったら、店員さんが大喜びしてくれた。帰り間際にマスターさんとも顔を合わせる。五十代くらいの、優しそうな男性だった。

「また、長崎にいらしたときは、立ち寄ってくださいね」

「もちろん！」

杉山さんが元気よく言葉を返した。

お店の外にまでやってきて見送ってくれる店員さんとマスターさんに手を振って、その場をあとにする。

「次はどこにいきますか？」

桃谷君の言葉を受けて、長谷川係長のほうを見る。すると、顔色が悪いことに気づいた。

「え、あの、長谷川係長、大丈夫ですか？」

「……」

私の問いかけに、こくんと頷《うなず》いたが大丈夫ではないのは明らかである。杉山さんも指摘する。

「うわ、長谷川係長、顔が土色じゃないですか！」

「あ、本当ですね」

もしかして鬼の話を聞いている間に、具合でも悪くなったのか。何度か咳《せ》き込んだので、甘味祓いの術をかけたのど飴《あめ》を手渡す。口に含んだ瞬間、顔色に少しだけ血色が戻ってきたように見えた。

もしかしなくても、お正月辺りに長谷川係長を苦しめた体調不良と同じ症状が出ているのだろう。大根まつり後は、健康に問題はなかったと聞いていたが……。

どうしようか迷っていたら、杉山さんが思いがけない提案をする。

「永野先輩、長谷川係長の介抱、お願いしてもいいですか？」

その言葉に、桃谷君が反論する。

「え、なんで永野先輩がそんなことする必要があるんですか？　言い出しっぺの、杉山さんが面倒見ればよくないですか？」

「私、まだ遊び足りないですもん！」

「うわ、勝手すぎる」

長谷川係長はひとりで休むと主張するが、そういうわけにはいかないだろう。

「永野先輩、朝食食べすぎて、お昼は杏仁豆腐だけでいいなんて言っていました。だから、いいかなと思ったんですけど」

「うん、いいよ。私、ちょっと疲れたから、長谷川係長と一緒に休んでる」

合流は難しいだろうから、長崎空港で落ち合おうという話になった。

「杉山さん、桃谷君のこと、よろしくね」

「大丈夫です。金づるなので、逃がしません」

「え、金づる!?」

「だって、これから高級ちゃんぽん食べるんでしょう？」

「いや、なんで後輩に奢ってもらおうとしているのですか！」

「いいじゃん、たまには奢ってくれても」

「杉山先輩、俺に奢ってくれたことありましたっけ？」

「あるある」

「いや、ないないですよ」

私達と一緒に行くという桃谷君を、杉山さんはがっつり掴んで離さない。笑顔で手を振っていた。

内心杉山さんに感謝しつつ、ひとまずその辺の公園で休むことにする。

ベンチに腰を下ろしたあと、長谷川係長は深いため息をついていた。

「永野さん、ごめん」

「いいえ、大丈夫ですよ。具合、どうですか？」

「吐き気がすごかったんだけれど、永野さんから貰ったのど飴を舐《な》めたらマシになった」

「よかったです」

話を聞いたら、やはり以前と同じ症状だったらしい。突然具合が悪くなり、長谷川係長も困惑しているようだ。

「もう治ったと思っていたんだけれど」

「ですね……」

ひとまず、スノーボールを食べてもらう。粉砂糖で咽せないよう、近くの自販機で買った水も手渡した。

「永野さん、本当にありがとう。だいぶよくなったよ」

長谷川係長の体調がマシになったところで、これからどうするか話し合う。

「どこか観光する？　まだ飛行機の時間までに余裕があるけれど」

「いいえ、観光はもういいです。空港に行って、ラウンジかどこかでゆっくりしませんか？」

「永野さん、それでいいの？」

「ええ。思い出は十分できたので」

そういえばと気づく。長谷川係長はキャリーバッグを持ち歩いていなかった。

「長谷川さん、キャリーバッグはどうしたのですか？」

「永野さんと杉山さんを見習って、先に自宅に送っておいた。たしかに、楽だね」

「ですよね。旅行が快適になって、びっくりしました」

そんなわけで、私達の行動を阻む荷物はない。まっすぐ、空港に向かっても問題ないというわけだ。しばらく休んでから、私達は空港に向かった。

その後、空港でちゃんぽんを食べ、じっくりお土産を見て回り、集合時間までラウンジでのんびり過ごした。

まさか、社員旅行をこんなふうに長谷川係長と一緒に過ごせるなんて思いもしなかった。

別行動を取る前に、長谷川係長が爆弾発言をする。

「っていうか、杉山さん、俺達の交際に気づいているよね？」

「え!?　す、杉山さんに指摘されたのですか？」

「いや、されていないよ。ただ、具合が悪い上司の面倒を、普通は先輩に押しつけないでしょう。杉山さん、けっこう常識人だし」

「そうですよね……」

なんだか強引だったなと思いつつも、長谷川係長が心配で深く考えていなかったのだ。よくよく考えてみたら、気づいているように思えてならない。

「今度、きちんと報告しないとね」

「で、ですね」

なるべく早いほうがいいのかもしれない。ただ、山田先輩にだけはもう少し待ってほしい。なんとなく、父親に恋人を紹介するような気恥ずかしさがあった。

「山田さんへは、まあ、木下課長のあとでもいいと思うよ」

「よかったです」

どうか報告する日までに、杉山さんから「ふたりは付き合っているんですか?」と探りが入りませんように。そう、願うばかりであった。

そんな感じで、社員旅行は終了となる。長谷川係長の具合が悪くなったのでどうしようと思ったが、私のお菓子を食べて元気になってくれた。

ただ安心はできない。また、長谷川係長が突然、具合が悪くなる可能性もある。

私は人生の先輩方に相談してみることにした。

第三章

鬼上司との同棲を命じられました

（※ただし、一緒に眠るのは禁止です！）

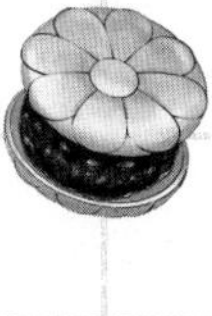

長谷川係長は病院で改めて精密検査を受けたらしい。けれども、体に異常は見られなかったようだ。お医者様は仕事のストレスではないか、と言っていたらしい。しばらくの療養を勧められたようだが、長谷川係長は今日もバリバリと働いている。

ここ数日、急に体の具合が悪くなることがたびたびあるようだが、私が作ったお菓子や料理を食べるとだいたい回復する。

これは、体の不調が原因ではないのだろう。何かよくない存在が絡んでいるに違いない。いくら考えてもわからないので、長谷川係長と話し合い、私の両親に相談してみることにした。

土曜日の昼下がり――私の両親に相談するため、実家へ向かった。長谷川係長は緊張の面持ちで、玄関前に立っている。今日も、なんだか高そうに見えるお土産を胸に抱いていた。私は社員旅行のお土産を持参した。きっと喜んでくれるだろう。
「はあ。何回来ても、永野さんのご両親に会うのは緊張する」

「あの、緊張するような厳格な両親でもないのですが」

「いや、だって、嫌われたくないし」

「嫌わないですよ、大丈夫です」

長谷川係長の物憂げな表情は新鮮である。思わず、まじまじと眺めてしまった。俯《うつむ》いて深いため息をついたあと、サッと顔を上げる。表情は、いつもの自信に溢れた長谷川係長であった。一瞬でスイッチを切り替えたようだ。

「よし、永野さん、行こう」

「はい」

玄関のチャイムを押すと、母がすぐに扉を開く。

「きゃー、長谷川さん！　今日もすてきねえ！　いやー、一生推せるわー」

ファンのような母の一言に、脱力してしまった。恥ずかしいので、あまりはしゃがないでほしい。長谷川係長は母の反応を前に、少し困ったような微笑みを浮かべていた。続けて、ルイ＝フランソワ君も出迎えてくれる。

『お久しぶりでしゅ！』

「ルイ＝フランソワ君、お久しぶり！」

『お元気そうで、何よりでしゅ』

なんてできた式神ハムスターなのか。親戚のお姉さん気分で接してしまう。ジョージ・ハンクス七世は鞄から飛び出し、ルイ＝フランソワ君に挨拶していた。

『よっ！　元気そうだな』

『ジョージ兄さん！　会いたかったでしゅ』

『お、おう、そうか』

ルイ＝フランソワ君はジョージ・ハンクス七世を優しく抱きしめ、喜びを表現していた。その様子を眺めていると、心がほっこりする。

父はリビングにあるソファに腰かけ、腕を組んで待っていた。内心、長谷川係長と上手《うま》く喋ることができるかドキドキしているのが見てわかる。

長谷川係長は浅草で人気の和菓子、菊最中《もなか》を持参していたようだ。どうやら以前聞いた、父の大好物だという話を覚えていたらしい。

「あの、こちら、よろしかったら……」

「あ、ああ」

父はぎこちない様子で、菊最中を受け取っていた。

ふたりが緊張している様子を見ていると、なんだか私まで落ち着かない気持ちになる。台所にいる母の手伝いに行こうか。立ち上がろうとしたら、長谷川係長が私の服の袖を摑んだ。ふたりきりにしないでくれと、訴えているのだろう。

人事部の大原部長にも物怖《ものお》じしない長谷川係長が、父相手にこんなに弱気になるとは。逆に父のほうが、長谷川係長に嫌われないかハラハラしているに違いない。時間稼ぎをするためにお土産を渡すことにした。

「お父さん、これ、この前の社員旅行のお土産」

「長崎だったか？」

「そうそう」

一日目のペンギン水族館で購入したお菓子と、二日目の空港で買ったカステラを父に手渡す。

「このカステラは五三焼っていうんだって。砂糖や卵、ザラメの割合を多くして、普通のカステラよりも濃く仕上げてあるみたい」

母同様、父は甘い物が大好きなので、きっと内心喜んでいるだろう。今は無表情を装っているが。

「次の日は中華街にも行って、いろいろ観光して回ったんだよ。長谷川さんは、会社の男性陣と軍艦島に行ったんですよね？」

「はい」

「そうか」

その後、シーンと静まり返る。悲しいくらい、会話が続かない。

母よ、一刻も早くここに来て！　飲み物とか、この際ペットボトルのお茶とかでいいから！　心の中で訴えてしまう。それが通じたのか、次の瞬間、母がやってきた。

「遅くなってごめんなさいね。最中を載せるいい感じのお皿が見つからなくって」

どうやら母は、最中映えする皿を探していたので、なかなかやってこなかったようだ。私達が気まずい思いをしていたなんて、知りもしないのだろう。

「長谷川さん、菊最中、いただきますね」

「はい」

甘い物に飢えていたのか、両親は揃って最中を食べ始める。母なんか、満面の笑みだ。一方で、長谷川係長は神妙な面持ちで最中を見つめるばかりであった。緊張し過ぎだろう。ただひとり、あっけらかんとしていた母が話を進めてくれる。

「それで、相談があるんだっけ？」

「あ、えっと、そう」

最中を食べて父の表情は少しだけやわらいでいたものの、相談と聞いて眉間に深い皺が寄る。

長谷川係長のほうを見ると、こくりと頷く。彼から、説明をしてくれるようだ。

「この度は、遥香さんに迷惑をかけてしまい――」

「まさか、本当に子どもができたのか!?」

父が立ち上がり、目が飛び出そうなくらい見開いた状態で叫ぶ。

「え、ちょっと待って。お父さん、何を……?」

「順番が違うだろうが！　結婚してから、子どもだ！」

「いやいや、待ってお父さん！」

いつもは父の暴走を止める母も、真顔で私を見つめていた。母も、結婚のあとに子ども派だったようだ。

いやいやいや、そうじゃなくって！

長谷川係長も勘違いされているのに気づいたのか、必死の形相で弁解する。

「ご相談というのは子どもができたわけではなくて、私の体に関することなのです」

「は、長谷川君の体？」

「長谷川さん、どうかしたの？」

父は立ち尽くしたまま、長谷川係長の話に耳を傾ける。

「浅草の街で昏倒事件があったのは記憶に新しいとは思いますが、私にも似たような症状が出ておりまして」

　昏倒するまでではないが、意識が混濁するほどの体調不良にたびたび襲われ、精密検査をするも異常なし。私の料理や甘味祓いをかけたものを食べると、なぜか回復するという不思議を報告する。

「具合が悪くなるたびに、遥香さんに介抱していただいて。不思議なことに、彼女が作る菓子や料理を口にすると、症状が治まるのです」

「そう、だったのか」

「大変な目に遭っていたのね」

　浅草で起こった連続昏倒事件と同じく、病院で精密検査をしても原因は謎。その点についても、詳しく説明しておいた。

「もしかしたら、怪異が絡んだ現象なのかもと推測し、ご相談をと思って本日参上しました」

　険しい表情の父に、突然の報告になってしまった理由を打ち明ける。

「長谷川さんがこの話を事前にメールか何かで伝えておいたほうがいいって言っていたんだけれど、お父さんがいろいろ考えるあまり思い詰めてしまうんじゃないかって思って、口止めしていたの」

「今日まで、別の方向で思い詰めていたがな」

「いや、まさか私が妊娠していると勘違いしていたなんて、思いもしないから」

両親はそろってとんでもない勘違いをしていたようだ。

父は額の汗をハンカチで拭い、すとんと腰を下ろす。それから台所に行こうとした母に「最中をもうひとつ」とリクエストしていた。なんでも、ひとつめは相談が気になって、ほとんど味がしなかったらしい。カステラも食べると言って、ガサゴソと開封し始めた。

「それで、お父さん。今回の件について、どう思う？」

「いや、わからんとしか言えん。だが――」

「だが？」

カステラを口に含んだので、言葉が途切れる。父が食べる様子を、長谷川係長とじっと見つめた。

「ゲホッ、ゲホッ！」

「お義父様、お茶を」

「う、うむ……！」

私達があんまりにも見つめるので、喉に詰まってしまったらしい。戻ってきた母が父の背中を容赦なくどんどん叩いていた。見事な背部叩打法《はいぶこうだほう》であった。

「昏倒事件に関しては、我々陰陽師もお手上げだ。だから、母さんの実家を頼ってみるといいかもしれない」

母方の祖父は神社の宮司で、その昔は陰陽師がするような占いやお祓いなども行っていたらしい。

「テレビ電話、通じるかしら?」

かけてみたものの、仕事中なのか連絡はつかなかった。代わりに、母が若干胡散臭《うさんくさ》い対策を提案してきた。

「父の人相占いを試してみる? なんか、写真でいろいろわかるらしいの」

「え、お母さん何それ。初耳なんだけれど」

「けっこう胡散臭いから、教えたくなかったんだけれど」

なんでも、一回五千円で引き受けてくれるらしい。直接神社に足を運ばずとも、ここ最近撮影した写真で占ってくれるようだ。

「でもこれが、めちゃくちゃ評判いいらしいの。月に三十件以上、相談があるとかで」

「たとえば、どういうことがわかるの?」

「普通に鮮明な写真なんだけれど、父には目の辺りがぼやけて見えたようで、病院で調べたら病気だった、なんて話だったり——写真全体に黒い靄《もや》がかかっていたので、外出を控えるように言ったら、翌日乗るはずだった高速バスが事故にあったり」

「えっ、それ、本当だったらお祖父《じい》ちゃん、かなりすごいんだけれど」

「話を盛っている可能性もあるから」

「そ、そっか」

けれども、試してみる価値はあるだろう。母は長谷川係長の写真を撮影し、早速祖父へ送ったようだ。

「何かわかったら、連絡するから」

「ありがとうございます」

長谷川係長が代金を支払おうとしたようだが、「家族からお金は受け取らないから大丈夫」と母は断る。家族と言われて、長谷川係長はなんだか嬉しそうに見えた。

「結果がわかるまでの対策なんだけれど——遥香、あなた、長谷川さんと同棲《どうせい》しなさいな」

「え!?」

まさかの提案に、目が飛び出るかと思った。これには、さすがの長谷川係長も驚いている。

「部屋で倒れていたら危険でしょう？　あなたが傍にいたら、安心だし」

それはそうだが、父はいいのか。

ちらりと見てみると、何やらブルブルと震えていた。

「あの、大切な娘さんを、お預かりしてもよろしいのでしょうか？」

長谷川係長の言葉に、父が言葉を返す。

「言っておくが、同衾《どうきん》までは許さないからな!!」

「お、お父さん、落ち着いて！」

父は胸ポケットをごそごそ探ると、何かをテーブルにそっと置いた。

「こいつを連れていけ!!」

「え？」

「こ、これは……!?」

ジョージ・ハンクス七世よりもひと回り以上小さな体の、眼鏡をかけたハムスターが円《つぶ》らな瞳で私達を見上げる。

「モチオ・ハンクス二十世!?」

父の式神ハムスターであった。大変人見知りをする性格で、人の前にはほとんど姿を現さない。偵察が得意で、以前長谷川係長についての調査も極秘で行っていた。

「お前達を、このモチオに見張らせる。いかがわしい行為を働いたらすぐに報告するように命令しておくから、覚悟しておけ」

想定外の対策に、頭を抱え込む。まさか、式神を派遣してくるなんて。

目線をモチオ・ハンクス二十世に合わせて、「しばらくよろしくね」と声をかける。

『……面倒』

眼鏡をくいっと押し上げながら、モチオ・ハンクス二十世はボソリと呟く。そんな彼に、ジョージ・ハンクス七世がやってきて物申す。

『おい、モチ野郎。遥香に失礼なこと言ったら、許さないからな』

『……ジョージのほうがモチモチ野郎』

『なんだと!?』

なんだろうか、この明らかな相性の悪さは。喩《たと》えるならばジョージ・ハンクス七世は太陽で、モチオ・ハンクス二十世は月のようなタイプなのだ。太陽と月は同じ場所で輝けない。仲良く一緒に、というのは無理な話なのだろう。

果たして、この共同生活は上手くいくものなのか。だんだん心配になってくる。

『……ジョージ、声大きい。うるさい』

『お前は声が小さ過ぎるんだよ！』

『まあまあ、兄さん達、落ち着いてくだしゃい』

ジョージ・ハンクス七世とモチオ・ハンクス二十世の間に割って入ったのは、ルイ＝フランソワ君。大きな体と広い心で、喧嘩を諌《いさ》める。

そんなハムスター式神達を見ていたら、母がぽん！　と手を叩いた。

「そうだわ！　ルイ＝フランソワ、あなたも一緒に、遥香と長谷川さんの家に行きなさいな。ジョージとモチオの面倒を見てくれる？』

ルイ＝フランソワ君がいたら、たしかに心強い。三体の式神の中でも年若いルイ＝フランソワ君が、もっともしっかりしているので。

『あと、長谷川君。遥香にばかり家事を任せるのは、許さないからな」

「その辺はご安心ください。ハウスクリーニングを週に二回依頼していますし、洗濯物はすべてクリーニングに任せていますので」

「そ、そうか」

長谷川係長のモデルルームみたいなきれいな部屋を見たら、父は驚いて腰を抜かすだろう。

「食事も交替で作るようにします」

「しかし、遥香の料理でないと、効果が表れないのでは?」

「症状が出ていないときは、遥香さんの料理を食べる必要はないでしょう」

「まあ、それもそうだな」

一見して亭主関白のように見える父だが、自分のことはすべてするし、母に何か命令することはない。さっき最中を頼むときも、母が台所に行こうとしているのを確認してからお願いしていたのだ。

「何かあったら、監視を命じたモチオがすぐに報告するから、その辺は心に留めておくように」

「はい、わかりました」

そんなわけで、私は長谷川係長と同棲することになったらしい。なんというか、突然の展開過ぎて驚いてしまった。ただ、今の長谷川係長をひとりにできない。ありがたい助言だった。

鞄にジョージ・ハンクス七世とモチオ・ハンクス二十世、ルイ=フランソワ君をご案内し、家路に就く。一応、帰りのバスで、最終確認をしておいた。

「あの、なんだか大変な事態になってしまったのですが、大丈夫ですか?」

「大丈夫って何が?」

「その、私との共同生活についてです」

「ぜんぜん構わないよ。永野さんとは、いずれ一緒に暮らすつもりだったから、まあ、予行練習のようなものだと思えばいい」

大人の余裕を感じてしまった。胸がドキドキしているのは、未熟な私だけだったようだ。

ふと、鞄の中にいるルイ＝フランソワ君が、何か掲げているのに気づいた。それは、ペンギン水族館で購入した革のキーホルダーである。長谷川係長のために購入していたのを、すっかり忘れていたのだ。

「長谷川さん、これ、ペンギン水族館で買ったんです。よろしかったらどうぞ」

「え？　ありがとう」

黒革で作られたペンギンは、どこか渋い雰囲気を漂わせている。長谷川係長が持ち歩いていても違和感がない、スタイリッシュなデザインなのだ。

「実は、私もお揃いなんです」

「へえ、いいね」

長谷川係長はペンギンのキーホルダーを、キーケースに付けてくれた。私はジョージ・ハンクス七世のお気に入りのポーチに付ける。

ささいなことだが、なんだか嬉しくなった。

マンションに帰り、長谷川係長の家で式神ハムスター達に見守られつつ、いろいろと話し合う。まず、最大の議題は食事について。

「朝食と夕食の準備をそれぞれ一週間交替にする？」

私が夕食を準備するときは、長谷川係長は朝食を準備する。それを週替わりで交替するのはどうか、ということらしい。

「長谷川さんは帰りが遅いときがあるので、そこから料理するのは負担になるような気がしますが」

「帰りが遅い日でも、自炊しているよ。あ、でも、永野さんがお腹を空かせて、大変なことになるかもしれないね」

「それはまあ、否定できません」

夜遅くに食べると太ってしまいそうなので、できるならば二十一時前に夕食は済ませたい。

「じゃあ、夕食当番の日は、なるべく早く帰るように頑張るから」

「それもちょっと……。あ、お弁当の準備もありますね」

「それは朝食係がすればいいのでは？」

「あ、そうですね」

思わず、頭を抱え込む。料理は全部私が担当したい。そう訴えても、私の負担が大きいと言って長谷川係長は譲らなかったのだ。

「私、料理が好きなんです。長谷川さんのために作ることを、負担に思うわけありません」

「そうかもしれないけれど、それをずっと続けるとなったら、大変なんだよ」

「お料理、毎日毎日、できますもん！」

長谷川係長は目元を手で覆い、顔を俯かせる。困らせてしまったのか。ハラハラしたものの、真面目な表情で「できますもんって、可愛い」と呟いた。がっくりと、脱力してしまう。

『あ、あのー』

ルイ＝フランソワ君が遠慮がちに挙手する。

『平日の食事とお弁当は遥香さん、長谷川係長さんは食費の負担と、休日の三食を担当するのはいかがでしゅか？』

『いいじゃないか。もうそれにしろよ』

『……永遠に話し合いたいのならば、満足いくまでどうぞ』

　また、ジョージ・ハンクス七世とモチオ・ハンクス二十世が喧嘩しそうになったが、ルイ＝フランソワ君が止めてくれた。

「永野さんがいいのならば、彼の意見の通りにしようと思うんだけれど、どうかな？」

「えっと、ご迷惑でないのならば、それでお願いします」

　食費全額負担が気になるものの、それがないと長谷川係長は納得しないという。モチオ・ハンクス二十世の言う通り、永遠に話し合いをすることになりそうなので、私も譲歩するしかない。

　それ以外の電気代や水道代、ガス代などはふたりで分け合って出すことに決まった。

「他に、永野さんの生活のルールってある？」

「考えてパッと思いつくことはないのですが、もしかしたら無意識のうちに何かしているかもしれません」

『……貧乏ゆすりとか？』

　モチオ・ハンクス二十世の発言を受け、ジョージ・ハンクス七世を手のひらにそっと包み込む。ルイ＝フランソワ君にばかり、喧嘩の仲裁をさせるわけにはいかないから。ジョージ・ハンクス七世は手のひらに包み込んだら、大人しくなるのだ。

「えーっと、こんな感じですが、よろしくお願いします」

「うん、よろしく」

今、この瞬間から私と長谷川係長の共同生活が始まった。

まずは、私が使う部屋の整理から始める。とは言っても、ハウスクリーニングを頼んでいるので週に二回掃除されているきれいな状態である。

そこは初めて入る部屋で、窓際にデスクと椅子が置かれ、壁際には大きな本棚があるちょっとした書斎であった。

本は仕事関係の資格の本がメイン。他にミステリーやサスペンス、それから漫画のシリーズがいくつか並べてあった。

「長谷川さん、漫画読むんですね」

「たまにね。永野さんは？」

「私、電子書籍なんですけれど、けっこう嗜《たしな》んでいます」

漫画好きの杉山さんのオススメ漫画を読んでいるうちに、だんだんハマってしまったのだ。休日前はついつい夜更かしをする日もあるくらいだ。

「ここ、長谷川さんの息抜きの部屋じゃないんですか？　私が使ってもいいのでしょうか？」

「いいよ。長い間使っていなかったから」

本棚は寝室のクローゼットにもあるらしい。ここ最近は、ベッドで読書することが多いようだ。

この部屋のクローゼットは空っぽだった。ここに布団や服を持ち込んでいいという。必要な荷物を運んで、布団を収納する。それだけで数時間もかかってしまった。

隣に移動するだけなのに、引っ越しというのは大変だ。

夕食は長谷川係長がピザとパスタをデリバリーで注文してくれた。疲れた体に、イタリアンが沁み入るようだった。

「じゃあ先に、永野さんが風呂にどうぞ」

「え!?」

「あ、上がったら、風呂の栓は抜いておいてね」

「もったいないような気もしますが」

「永野さんが入った湯に浸かってもいいのならば、俺は構わないのだけれど」

「いや、構います。ダメです」

「でしょう？」

結局、今日のところは長谷川係長に先に入ってもらう。その間、ハムスター式神達の寝床作りを行った。

ジョージ・ハンクス七世は隣からケージを持ってきただけ。ルイ＝フランソワ君は大きなバスケットに綿を敷き詰め、上からタオルを被せたものを母から預かってきた。モチオ・ハンクス二十世はモコモコした寝袋を持参してきたようで、自分で設置を始めている。人目に付かない、マガジンラックの隙間に決まったようだ。

ハムスター式神達の寝床が整ったら、家から運んできた荷物の整理を行う。一応、必要最低限の物ばかり持ってきた。

通勤用の私服や鞄に、仕事着、パジャマなどなど。すべてクローゼットにかけておく。そうこうしているうちに、長谷川係長がお風呂から上がってきたようだ。上下紺色の無地のスウェット姿なのに、かっこいいのはどうしてなのか。誰か教えてほしい。

「永野さん、次どうぞ。新しい湯も張っておいたから」

そう言って、リビングのソファにどっかりと腰を下ろす。濡れた髪が肌に張り付く様子が、なんとも色っぽい——ではなくて。

「髪の毛はきちんと乾かさないと、風邪引きますよ」

「少し休んでから乾かす。ちょっと、湯あたりして」

「大丈夫なんですか?」

「大丈夫」

長谷川係長の「大丈夫」は非常に怪しい。肩にかかっていたタオルで、髪の毛をわしわしと拭いてあげる。

「冬は特に、風邪を引きやすいですからね」

「はいはい」

ついでに、自宅から持参していたドライヤーで髪を乾かしてあげた。勢いでやったが、かなり大胆な行動をしているような気がする。でも、長谷川係長が風邪を引いたら困るので、この勢いは大事だろう。濡れていた髪を乾かすと、毛先に少しだけ癖があるいつもの長谷川係長となった。

「長谷川さんの髪、パーマか何か当てているのですか?」

「いいや、これはただの癖毛」

「オシャレな感じに癖が付いていますよね」

「初めて言われた」

たぶん、みんなオシャレで毛先に癖を付けていると思っているのだろう。桃谷君が長谷川係長を天然のイケメンと言った意味を、少しだけ理解したような気がする。

「では、お風呂お借りしますね」

「どうぞ。っていうか、いつでも自由に使っていいから」

「ありがとうございます」

人様の家のお風呂はなんだかとても緊張する。湯船は私しか入らないのに、体をきれいに洗ってから入ってしまった。

先ほどまで、ここに長谷川係長が入っていたことを思うと、とてつもない羞恥心に襲われた。

同棲ってすごい。好きな相手の生活に介入してしまうのだ。果たして、私は耐えられるのだろうか。お風呂に入っただけで、大丈夫なのかと不安になってしまった。

そして風呂上がりに、私は絶望する。何の考えもなく摑んで持ってきたパジャマが、五年くらい愛用しているトレーナーとズボンだった。もっとこう、オシャレなルームウェアみたいなパジャマもあったのに。よりによってこの一式を同棲初日に選んでしまうとは。

もうこうなったら腹を括《くく》るしかない。どうせ、結婚でもしたら何もかもバレてしまうのだ。何もかもさらけ出しておいたら、結婚後のハードルも低くなる気がする。

ええい、ままよ！　と、そんなわけで、オシャレとはほど遠いパジャマ姿で長谷川係長の前に出ることとなった。

　ドキドキしながら出て行ったのに、長谷川係長はソファでうたた寝をしていた。私の実家に行ったり、引っ越しを手伝ったりしたので疲れたのだろう。

　眉間に皺が寄っていた。何かとてつもなく苦労をする夢でもみているのか。指先でぐいぐい押して伸ばしておく。

「……ん?」

　さすがにここまでしたら、目を覚ましてしまった。

「長谷川さん、こんなところで寝たら風邪引いてしまいますよ。きちんとお布団で眠ってください」

「そうだね」

　素直に立ち上がり、寝室に行くのかと思いきや、とんでもない事態となる。

　なんと、長谷川係長は私を横抱きにし、寝室へと運んで行くではないか!

「ちょっ、な、何をするんですか!」

「一緒に眠ろうって言うから」

「言ってませんよ!　言って……言った?　いや、言ってない!」

　優しく寝台に寝かされる。布団からこれでもかと、長谷川係長の匂いがした。

ふかふかの布団が心地よかったからか、ドッと睡魔に襲われる。なんだかんだと言って、私も疲れていたのだろう。ベッドはセミダブルなのだろうか。長谷川係長がどっかりと横たわってもそこまで狭く感じない。

このままではいけない。脱出しなければ。そう思ってジタバタしたが、長谷川係長は私をがっしり抱きしめ、背中を優しく撫で始める。寝かしつけようとしているのだろう。その手には乗らない！　といいたいところだが、いい感じにまどろんできた。

「長谷川さん、同衾は、ダメです」

「あれ、ただ一緒に眠るなって意味じゃないでしょう？」

「そうでしたっけ？」

「こうして眠るだけだったら、問題ない」

「でも、モチオ・ハンクス二十世に発見されたら、お父さんに報告されてしまう」

「彼は、乾燥野菜を与えたら寝床に帰っていったよ」

「ば、買収されている！」

モチオ・ハンクス二十世が長谷川係長の手の内になっていることを知り、私自身がしっかりしなければと我に返る。ガバリと起き上がり、長谷川係長を乗り越えてベッドから下り立った。

「一緒に寝てくれないんだ」

「お父さんがダメって言ったので」

「わかった」

食い下がると思いきや、案外あっさりと納得してくれた。ひとまずホッと胸をなで下ろす。

「早く結婚して。一緒に寝たいから」

「突然言われましても……」

長谷川係長は私の指先をきゅっと握り、淡く微笑む。

「じゃあもしも結婚したら、一緒に眠ってくれる？」

「それは、もちろんです」

「よかった」

そう言って、目を閉じる。もしかして、今までの一連の行動は寝ぼけていたのだろうか。普段の長谷川係長よりもずっと発言から行動から、フワフワしていたような気がする。なんだか可愛い一面を見てしまった。同棲最高だと思った。

朝――いつもより少し早い時間に起きる。簡易的に設置した鏡を覗き込むと、髪はボサボサ、頬にはくっきりと布団の跡が付いていた。

急いで通勤用の服に着替え、顔をマッサージする。無駄な抵抗は止《や》める的な処置だが、何もしないよりはマシだろう。

寝室のドアをそっと開けてみる。まだ、長谷川係長は起きていなかった。ホッと胸をなで下ろしつつ、洗面所へと急いだ。

顔を洗い、歯を磨いて髪を整え、部屋に戻って化粧を施す。

「よし！」

さっそく、お弁当と朝食の準備をする。長谷川係長が冷蔵庫の中の食材はなんでも使っていいと言ってくれたので、遠慮なく使わせていただく。

昨日私が持ってきた食材は、なんとも庶民的な……と言えばいいのか。長谷川係長のオシャレな冷蔵庫の中身が、一気に所帯染みた雰囲気になっていた。申し訳ないの一言である。

と、冷蔵庫を眺めている場合ではない。サクッと作らなければ。

気合いを入れたところで、ご飯が炊き上がる。昨日の晩に予約しておいたのだ。

ふっくらおいしそうに炊き上がっている。

お弁当のメインは、下ごしらえをしておいたからあげ。こちらも昨日の晩、こっそり仕込んでおいた。にんにく不使用の、会社で食べても安心なショウガを効かせたからあげである。

ジュワジュワとからあげを揚げている間にお弁当箱にごはんを詰め、中心に梅干しを埋め込む。梅干しは家から持ち込んできた、初夏に漬けた手作りのものだ。

続いて、ブロッコリーを茹《ゆ》でてゴマ和えにしたものを詰める。

長谷川係長が好きだと言っていた卵焼きを焼き、お弁当の彩りとして買っておいた赤ウインナーをタコの形にカットしてから焼く。

足が開いたタコさんウインナーを隙間に押し込んだら、お弁当の完成だ。

続いて、朝食に取りかかる。

お弁当に入れた卵焼きとブロッコリーのゴマ和えの残り、それからお味噌汁、焼き鯖《さば》、以上だ。

焼き鯖はお弁当用らしき、小さくカットされたもの。これが、朝食にちょうどいいのだ。

お味噌汁はカブ。茎や葉も、具としてお味噌汁に入れる。

お弁当箱を巾着に入れていたら、長谷川係長が起きてくる。「おはようございます」と声をかけたら、にっこりと微笑んだ。普段よりゆっくりとした動作で接近し、思いがけない行動に出てきた。

背後から私を抱きしめ、耳元で囁く。

「遥香さん、おはよう」

寝起きだからか、声がものすごく甘い気がした。耳から火が出たのではというくらい、熱を発している。

長谷川係長はすぐに私から離れて、洗面所のほうへと歩いていった。

「な、なんなの!?」

名前呼びと抱擁が同時に放たれるなんて、私の心臓がもたない。

一緒に住んでいたら、こんなことが起きるのか。同棲、改めてとんでもない状況なのだと身をもって実感してしまった。

ものの十五分ほどで、いつものスーツをパリッと着こなした長谷川係長となる。この姿を見ると、会社モードになるからか緊張してしまう。会社で長谷川係長と食事をしているような気持ちになってしまった。

「永野さん、朝からありがとう。どれもおいしい」

「いえいえ、お口に合ったようで、何よりです」

「昨日は帰りに朝食用のパンを買おうとしていたんだけれど、まさか永野さんと同棲することになって、こんなにおいしい朝食を食べられるなんて夢にも思っていなかった」

なんでも普段はトーストとコーヒーで済ませてしまうらしい。

「たまに、目玉焼きとかオムレツを作るくらいで——あ、土日の朝食は、もっときちんとしたものを作るから」

「いえいえ、大丈夫ですよ。私も土日の朝は、トーストを囓《かじ》るだけって日が多いので」

仕事がある日はご飯を食べないとどうしてもパワーが出ないが、休日はどちらかといえばパンが多い。休日の朝くらい、ゆっくりしてもいいだろう。

「自分ひとりだったら、いろいろ食生活がおろそかになる部分があるかもしれない。けれど大切な人がいたら、ご飯で元気になってもらいたいから、料理しようって気分も高まってくると思う」

「その気持ち、よくわかります！」

私ひとりの朝食だったら、朝から丁寧なお味噌汁なんて作っていなかっただろう。

そういえば、名前の呼び方がいつもの「永野さん」に戻っている。もしかして、さっきは寝ぼけていたとか？　新たな一面を発見してしまった。

ごちそうさまをするついでに、毎日ではなくていいので、たまに寝ぼけてください
と祈ってしまった。

出社はいつも通り別々だ。長谷川係長が先に出て、私がのんびり家を出る。戸締まりはきちんとしなければ。入念に確認した。

さて出勤しようと、鞄を持ち上げたら、いつもより重たい。鞄を覗き込むと、ルイ＝フランソワ君が申し訳なさそうにもじもじしていた。

『あ、あの、一緒に会社に行くの、迷惑でしゅか？』

「迷惑じゃないよ！　大歓迎だよ！」

『よかったでしゅ』

ジョージ・ハンクス七世と一緒に、会社に行ってみたかったらしい。なんて可愛らしいことを言ってくれるのか。

ちなみに、モチオ・ハンクス二十世はまだ眠っていた。任務は私と長谷川係長の監視のため、家で待機しているようだ。

水を換え、お食事も用意しておく。小さな声で、「モチオ・ハンクス二十世、行ってくるね」と声をかけた。すると、『……いって、らっしゃい』と眠そうな声が返っ

てきた。

私まで眠くなりそうな声色である。背伸びをして眠気を追い出し、いつもの時間に出勤する。

総務課のフロアでは山田先輩と杉山さんが迎えてくれた。

「永野、おはよう」

「永野先輩、おはようございます」

「おはようございます」

桃谷君はいつも通り、時間ギリギリにやってくる。

「いや、今日酷かったんですよ！　ゴールデンレトリバーが五頭くらいやってきて、全力で絡んできたんです！　そのあと、迷子のインコが肩に止まったので飼い主を探していたら、動物園から逃げ出した猿が、どうしてか突然手を握ってきたんです！」

今日もありえない動物とのふれあいを行ったのちに、出勤してきたようだ。

モフモフのゴールデンレトリバーと遊ぶことには憧れるものの、さすがに五頭は多いだろう。スーツの袖や裾に、金色の毛がこびりついていた。山田先輩が、スーツが汚れた時にと持ち歩いているコロコロで毛を取ってあげていた。

「山田先輩、ありがとうございます。手で払っても落ちなかったので、助かります！」

フロアに長谷川係長がやってくる。家で見てもイケメンだったが、会社で見ても変わらずイケメンであった。

今日も仕事が始まる――。

社員旅行からしばらく経ったが、杉山さんが私と長谷川係長について何か言ってくることはない。

あれから長谷川係長と話し合った。私が「ここだ！」と思ったタイミングで杉山さんに話してもいい、という方向性で落ち着いた。

杉山さんが私達の交際について気づいているのか、いないのか。どうしても気になってしまう。

以前までの杉山さんだったら、きっとストレートに聞いてきただろう。けれども最近の彼女は、いい意味で落ち着いてきたというか、皆との距離感を把握しているように思えた。桃谷君という後輩ができたので、反面教師――ではなくて、自分もしっかりしなければと思っているのかもしれない。

いつ報告しようか迷っていたら、奇跡的な条件が重なった。

まず、長谷川係長から「今日は急遽《きゅうきょ》飲み会が入ったから、夕飯はいらない。突然でごめん」という連絡が入った。次に、杉山さんが友達との食事会をキャンセルされたとぼやいている場に出くわす。さらに、山田先輩が「だったら、永野とふたりで焼肉でも食べてこいよ」と割引券をくれた。

「いや、でも、永野先輩も突然誘われても困りますよね？」

「い、いいよ、行こう、焼肉へ！」

「あれ、案外乗り気でしたか？」

「うん。焼肉、最近行っていなかったし」

「だったら行きましょう」

そんなわけで、私は急いで腹を括る。

だが、仕事に集中している時間はよかったが、休憩時間になるとモヤモヤとした気持ちが膨らんでいく。

杉山さんから「しれっとしながら、みんなに黙って長谷川係長と付き合っていたんですね。最悪です」なんて責められる未来しか見えず、ずーんと落ち込む。

杉山さんは大変正直だ。きっと、感じたことをそのまま口にするだろう。

これをきっかけに気まずい関係になったら――？

もう、それを受け入れるしかないのだろう。

人生、なるようにしかならないのだから。

そんなふうに心を乱しながらも、なんとか仕事を終わらせることができた。周囲に誰もいないのを確認し、鞄の中のジョージ・ハンクス七世とルイ＝フランソワ君を覗き込む。

「会社終わったあと、同僚と食事に行くんだけど大丈夫？」

ジョージ・ハンクス七世は親指をぐっと上げ、ルイ＝フランソワ君はこくりと頷く。今日一日、最後まで付き合ってくれるようだ。

「永野先輩、仕事、終わりました？」

「うん、終わったよ。杉山さんは？」

「私も終わりました」

「じゃあサクッと着替えて、行こうか」

「はい」

そんなわけで約束していたとおり、杉山さんと夜の浅草の街へとくりだした。

「いやー、永野先輩と会社終わりに外でご飯食べるの、久しぶりですね」

「言われてみたら、そうかも。最近、なかなか帰る時間も合わないからね」

教育期間中は帰るタイミングが同じだったので気軽に行けたが、今は各々仕事を担っているため、帰宅時間はバラバラなのだ。

「私が新人だった頃は、ラーメンとか、とんかつとか、いろいろ食べに行きましたね」

「そうだったね。なんだか懐かしいかも。杉山さんが新人だったなんて、遠い日のように思えるよ」

生まれたてのヒヨコのようだった杉山さんも、今は立派に仕事をこなしている。教育係としては、誇らしい気持ちでいっぱいだ。

「仕事で失敗して泣きそうになったとき、決まって永野先輩がご飯を奢ってくれて。そのおかげで、くじけずにやってこられたのかもしれません」

「おせっかいだったかな、なんて思っていたけれど、そんなふうに思ってくれて嬉しいよ」

その節はお世話になったと、杉山さんは深々と頭を下げる。

「私、その時に学んだんです。仕事で落ち込むことがあっても、おいしいものを食べたら元気になるって。だから、今でも失敗したら夜は外食って決めているんです」

「そうそう。おいしいものを食べてお腹いっぱいになったら、嫌なことはたいていい忘れてしまうんだよね」

私も新人時代、仕事に失敗して落ち込んだ日は、山田先輩が食事に誘ってくれたのだ。もちろん、ふたりっきりではない。職場の仲間達を大勢誘って、いろいろおいしいものを食べさせてくれた。私は山田先輩みたいにたくさんの人達を誘うという手腕がないため、杉山さんとふたりだけだった。けれども、当時の行動が勇気づけるきっかけになっていたと知り、なんだか嬉しくなる。

本日の焼肉店は、安定安心のチェーン店。山田先輩から賜った割引券を握り、久しぶりに挑む。

「永野先輩、食べ放題にします？」

「しよう、しよう。今日はいつもより食べられる気がする！」

正直、私の胃では元を取れる気がしないが、杉山さんに遠慮なく食べてもらいたいので食べ放題にした。

「今日、お腹ペコペコなんですよ。たくさん食べますが、びっくりしないでくださいね」

「大丈夫だよ。私もいっぱい食べるから」

なんでも、今日の食事会に合わせて減量していたらしい。昼食も控えめにしていたようだ。そのため、中止を言い渡されたときのショックは大きかったらしい。

「ひとりで食べてもおいしいんですが、誰かがいるともっとおいしくなるので」

「わかる！　どんどん食べてね。今日は奢るし」

「いいんですか？　今月ヤバかったので、嬉しいです」

さっそく、杉山さんは食べきれるのか心配になるくらいのお肉と超大盛りのご飯を注文していた。

長谷川係長との話を食前にしようか、それとも食後か……。

後に回したら、気になって食事に集中できなくなるだろう。やはり、食前だ。

お冷やを飲んで気合いを入れようとしたら、杉山さんがまさかの言葉を投げかけてくる。

「永野先輩、それで話ってなんですか？」

「うっ、げほっ、げほっ!!」

想定外の質問に、咽せてしまった。まだ話があるなんて一言も言っていないのに……。杉山さんは密《ひそ》かに察していたようだ。

「ど、どうしてわかったの？」

「いや、ちょっと前から私をチラチラ見ていて、何か言いたげな表情をしていたから。何か言いたいことがあるんだろうなーって思っていまして」

「無意識だった。ごめんね」

「いえいえ。言ってくれるまで、待つつもりだったのですが」

「本当にごめん」

背筋をピンと伸ばし、息を大きく吸って――はく。大丈夫と自分に言い聞かせ、長谷川係長との交際を打ち明ける。

「実は私……長谷川係長と付き合っているの」

「そうだろうなと思っていました」

「やっぱり、気づいてた？」

「はい」

ホッとしたような、しないような……。複雑な気持ちがこみ上げてきた。

「私、そんなにわかりやすかったかな？」

「いいえ、永野先輩や長谷川係長の態度で気づいたわけではないです」

「だったら、杉山さんって超能力者？」

「違いますよ」

ならば、どうやって、いつ気づいたのか。杉山さんは私が想像もできないようなタイミングで気づいたようだ。

「年末くらいに、永野先輩と長谷川係長が並んで仕事の話をしている姿を見たんです。その様子が、どうしようもなくお似合いに見えて。本当に、理由はよくわからないんですけど、もしかしたらふたりは付き合っているのかもしれないって、思ったんですよ」

「あの、いちゃいちゃしていたわけではなく？」

「いいえ、いちゃいちゃはしていなかったですね。ふたりの間に甘い空気とか、気やすい態度とかはぜんぜんなかったんです。でも、たぶん付き合っているだろうなって、ぼんやり思っていました」

本当は私達の交際について、興味津々だったらしい。けれども、打ち明けてくれるまで探ってはいけないと自分に言い聞かせていたのだとか。

「確信したのは、やっぱり社員旅行の時ですね。介抱をお願いして、嫌がらなかったので。そのときのふたりの空気感で、ピンときました」

「うう、なんとも情けない……！」

「まあでも、彼氏が具合を悪くしてたら、動揺しますよね。仕方ないです」

杉山さんの機転のおかげで、長谷川係長を介抱できたのだ。感謝してもしきれない。

「あの時は本当に助かったよ。ありがとう」

「いえいえ。あと、桃谷もふたりが付き合っているの、知っていますよね？」

「うん、知っている。ちょっと、なんていうか、昔からの付き合いがあって」

「そうだったんですね。なんか馴《な》れ馴《な》れしいなとは思っていましたが、そういうわけでしたか」

昔からの付き合いというのは、前世での話である。

桃谷君が平安時代の桃太郎で、私が長谷川家のお姫様、長谷川係長が大鬼だったなんて言えるわけがないけれど。

「永野先輩、わざわざ報告してくれて、ありがとうございました。おかげさまで、スッキリしました」

「私も、杉山さんが気づいているのか、いないのか、気になっていたから、話せてホッとした」

「誰にも言わないので、安心してくださいね」

「いいの？」

「ええ、もちろん」

いいタイミングで、ご飯とお肉、それから飲み物が運ばれてくる。

「じゃあ、長谷川係長と永野先輩の末永い幸せを願って、乾杯しましょう」

「か、乾杯！」

「かんぱーい！」

久しぶりの焼肉は本当においしかった。楽しそうな杉山さんと一緒だったので、余計にそう思ったのかもしれない。

ずっと悩んでいた杉山さんが私達の交際に気づいているか問題も、無事解決してホッと胸をなで下ろした。


長谷川係長の部屋にお邪魔する前に、自分の家でお風呂に入る。焼肉臭い体であのきれいな部屋に入ってはいけないだろう。

鞄の中にいたジョージ・ハンクス七世とルイ＝フランソワ君も、少しだけうちで休んでもらう。

「ふたりとも、煙たくなかった？　大丈夫？」

『おう、そんなやわじゃないからな！』

『平気でしゅ！』

買い置きのペレットと水を与え、ゆっくりしてもらう。その間にお風呂だ。焼肉臭しかしない服は洗濯機に放り込み、洗剤に柔軟剤、抗菌効果のある消臭剤、漂白剤を入れて回す。これだけいろいろ入れていると、料理の調味料を入れている気分になった。

湯船に浸かって一日の疲れとおさらばする。今日はオシャレなルームウェアを着て、ジョージ・ハンクス七世やルイ＝フランソワ君と一緒に長谷川係長の部屋へお邪魔した。

モチオ・ハンクス二十世は、長谷川係長のタブレットを使ってアニメを観ていた。

私達がやってきたのに気づくと、素早く寝袋の中へと隠れる。

「モチオ・ハンクス二十世、ただいま」

『……おかえり』

「アニメ、観ても大丈夫だよ」

『……いい。もう、満足したから』

「そっか」

今日一日、アニメを観ながらひとり楽しく過ごしていたらしい。私の実家では、電気代がどうこうと父がうるさいため、一日中アニメを観ることはできなかったようだ。

タブレットには長谷川係長が契約した、動画視聴サービスのアプリがいくつか入っている。自由に使っていいと言われていたようで、満足いくまで観たようだ。

長谷川係長はというと、先ほどメールを受信していた。帰りは二十三時過ぎになるようで、先に眠っておくようにとある。

時刻はまだ二十一時過ぎ。私の夜はまだまだ終わらない。長谷川係長がいないので、夜のお菓子作りをしてしまおう。

お菓子作りはいつでもしていいと言われていたものの、さすがに夜にガチャガチャと調理音が鳴ったら迷惑だろう。

今日はお菓子を作りたい欲がむくむくと湧いているので、どっしりみっちりベイク系の焼き菓子を作りたい。

先ほど家で発掘した、黒くなりかけたバナナを使って、パウンドケーキを作ろう。まるまる一房あったので、三本くらい作れるはずだ。

ボウルに小麦粉とふくらし粉をふるい入れ、バターは冷蔵庫から出してやわらかくしておく。

次に、バナナのキャラメリゼを作る。フライパンに水と砂糖を入れてカラメル状にしたものに、カットしたバナナを加える。焼き目がカリッと入ったら火を止め、バットに広げて粗熱を取る。

バターに砂糖を入れ、そこに卵を加えてクリーム状になるまで混ぜ、先ほどふるっておいた小麦粉、ふくらし粉を混ぜ合わせて攪拌。これにバナナのキャラメリゼを混ぜる。

長方形の型に生地を流し込み、上にカットしたバナナを並べる。あとは焼くだけ。キャラメルバナナケーキの完成だ。

三本のうち二本は長谷川係長と私がそれぞれ食べるとして、もう一本はラム酒を塗って熟成させよう。

二十三時過ぎ——予告通りの時間に長谷川係長は帰宅する。

「ただいま」

「おかえりなさい。あの、大丈夫ですか？」

顔色が悪かった。鞄を受け取ろうと手を伸ばしたら、そのまま抱きついてきた。

「わっ！」

「煙草《たばこ》と酒臭いのに、ごめん」

「いえ、平気です」

背中をポンポンと叩いてあげると、は——と深く長いため息が聞こえた。

「永野さんがいなかったら、玄関で倒れていたかも」

「そんなに大変な飲み会だったのですね」

「まあね」

空《す》っ腹《きぱら》にお酒をたくさん飲んだので、悪酔いしてしまったという。

「何か召し上がりますか?」

「いや……。なんか、甘い匂いがする」

「キャラメルバナナケーキを焼いたんです。長谷川さんの分もありますよ」

「食べる」

一本まるまる長谷川係長の分だと、オイルペーパーに包んだキャラメルバナナケーキを見せる。すると、寄越《よこ》せと言うように手を差し出してきた。

「これ、本当に全部食べていいの?」

「どうぞ」

すると、長谷川係長はそのままキャラメルバナナケーキにかぶりつく。なんとも豪快な食べ方だった。

「え、カットしなくて大丈夫ですか?」

「うん、このままでいい」

「そ、そうですか」

「これ、すごくおいしい」

「よかったです」

蜂蜜入りのホットミルクを用意している間に、キャラメルバナナケーキをペロリと完食してしまったようだ。

「ごちそうさま」

「お粗末さまです」

先ほどより顔色がよくなったので、悪酔いというよりは謎の体調不良に襲われていたのかもしれない。若干の邪気も漂わせていたので、双方が影響しあって具合が悪くなっていたのだろう。

「長谷川さん、お風呂は明日の朝にしたほうがいいですよ」

「煙草臭いのが気持ち悪いから、シャワーだけでも浴びたい」

「でも、倒れたら大変ですよ」

「だったら、永野さんが脱衣所で見張ってくれる？」

「いいですけど」

安請け合いしたものの、とんでもないことを引き受けたと頭を抱えてしまう。

お風呂場の扉は磨《す》りガラスなので、ぼんやりと肌の色が見えるのだ。

これは絶対に見てはいけないものだと思って、背中を向ける。けれども今度は、浴室を跳ねる水音が妙に気になってしまう。

早く終わってくれと願っていたら、突然扉が開いた。音に驚いて振り返ると、水を滴らせる長谷川係長が、扉から顔だけ覗かせていた。

「永野さん、タオル取ってくれる？」

「きゃー！」

「きゃーって……」

「す、すみません」

顔を逸らしつつ、タオルを献上する。たった十分ほどのシャワータイムが、ものすごく長く感じてしまった。

「永野さん、変なことに付き合わせてごめん」

「浴室で倒れるよりは、ぜんぜんマシなので」

「永野さんも、見張ってほしかったらいつでも言ってね」

「いいえ、私はけっこうです」

「遠慮しなくてもいいのに」

「遠慮じゃありません」

冗談を言う元気を取り戻したようで、ホッと胸をなで下ろす。

「そういえば、今日、杉山さんと焼肉に行ったんだって？」

「はい。私達の交際について、話してきました。彼女、うっすら気づいていたようです」

「やっぱりそうか。なんか、探るような視線を感じていたんだよね」

ひとまず、杉山さんは黙っていてくれる。それについて長谷川係長に伝えることができて、肩の荷が下りたような気分になった。

杉山さんという理解者を得て、なんだか心強く思った。本当によかった。

「あとは木下課長と山田さんに報告しなければいけないけれど、まあ、その辺はのちのち、という感じで」

「ですね」

木下課長と山田先輩はきっと祝福してくれるだろう。

ひとつ悩みがなくなったので、今晩はぐっすり眠れるに違いない。

◇◇◇

休日は長谷川係長が食事を作ってくれる。朝、寝ぼけ眼で起きると、台所からエプロン姿の長谷川係長がにっこり微笑む。

「うっ、笑顔が眩しい！」

「永野さん、おはよう」

「おはようございます」

「スープ温めておくから、顔を洗っておいで」

「はい」

朝からスープを作ってくれたらしい。トマトのいい匂いが漂っていたので、そうではないかと思っていたのだ。

顔を洗い、歯を磨く。髪を梳《くしけず》ってローポニーにまとめる。

わくわくしながら戻ると、食卓にはワンプレートのオシャレな朝食があった。

フレンチトーストにサラダ、カリカリベーコンに、カップに注がれたミネストローネ――まるで、人気のカフェのモーニングである。

「え、すごいです。おいしそう！」

「どうぞめしあがれ」

「いただきます」

フランスパンを卵液に浸したフレンチトーストの表面は香ばしく焼かれ、中はふわふわとろり。これが甘さ控えめの生クリームとよく合う。

「うう、おいしい……！」

「よかった」

甘いものを食べたら、しょっぱいものが食べたくなる。ミネストローネを一口。酸味の中にコクがあって、野菜もやわらかく煮込まれていた。とてもおいしい。

サラダのドレッシングも手作りらしい。グレープフルーツを使った、柑橘系《かんきつけい》の味わいである。

朝から長谷川係長の手料理を堪能する。なんて幸せな一日のはじまりなのだと、ひしひしと感じた。

今日は、午前中は行動を別にする。長谷川係長はジムに行くらしい。土日のどちらかは、毎週行くようにしているようだ。私は叔母の家に戻って、掃除をしなければ。一応、三日に一度はフローリングワイパーをかけていたものの、やはり掃除機をかけないとスッキリしない。

ハムスター式神達に家に戻る旨を伝えると、ジョージ・ハンクス七世とルイ＝フランソワ君は私と一緒についてくるという。モチオ・ハンクス二十世はいそいそとタブレットの準備を始めていた。アニメの続きを楽しむのだろう。

掃除を済ませ、天気がよかったのでシーツや枕カバーを洗濯。布団は干しておく。

あとは、叔母宛に届いた荷物を整理する。叔母である織莉子は芸能人なのだが、休業中である今も知人から贈り物が毎週のように到着する。それを開封し、報告、管理するのは私の仕事だ。今回届いたのは、ブランド物のコートやワンピース、書籍、雑誌、アクセサリー、食品などなど。

服一式やアクセサリーはデザイナーの知り合いからの贈り物で、書籍は出版社からの献本、雑誌はインタビューや連載中のコラムが掲載されたものだ。食品は知人からの贈り物である。

食べ物ならばたいてい「遥香が適当に処理しておいて」で終了。もちろん食べきれないので、小分けにできるものは少しずつ箱に詰めて叔母夫婦の自宅に送っている。

高価なアクセサリー類は叔母が引き取って持ち帰るが、服はそのままクローゼット行きである。服は自分で選んだものを着たいのかもしれない。

この部屋を叔母は芸能活動の物置兼、陰陽師の道具を保管する倉庫として利用しているのだ。

叔母曰《いわ》く、ここはマンションのランクとしては中の上レベルという話だが、それでもうん千万円後半クラスである。それをポンと一括で買ったというので、やはり芸能人はすごい。ちなみに長谷川係長はローンで購入し、一生懸命返済しているという。生涯東京で生きていくという意気込みは見事である。

スマホを見ると父と母、両方からメールが届いていた。

父からはきちんと真面目に暮らしているか、というなんてことのない連絡であった。

モチオ・ハンクス二十世の報告は毎日届いているようだが、心配になったらしい。

お父さんの式神ハムスター、すっかり長谷川係長の味方で買収されていますよ……

とは口が裂けても言えない。

問題なく暮らしている、とだけ返信した。

家の片付けがある程度終わったので、ご褒美代わりのお菓子作りを開始。

冬至用に買っていたカボチャを先ほど発見した。年末、バタバタしていて冬至カボチャを調理する暇がなかったのだ。

これで、カボチャプリンパイを作ろう。冷凍パイシートとバター、カボチャと調理道具を持って長谷川係長の家に移動する。

モチオ・ハンクス二十世は私がやってきても、気にせずタブレットでアニメを観ていた。数日前は視聴する姿を見られるのを嫌がっていたが、私という存在を受け入れてくれたのか。それとも、アニメに夢中なだけなのか。その辺の事情はモチオ・ハンクス二十世のみが知りうるのだろう。共に戻ってきたジョージ・ハンクス七世やルイ＝フランソワ君も、モチオ・ハンクス二十世の傍でアニメを見始める。仲がいい様子に、ほっこりしてしまった。

私が台所に立つとルイ＝フランソワ君が振り返り、じっと見つめてくる。

『遥香さん、お菓子を作るのでしゅか？』

「うん、そう」

『お手伝いしましゅ』

「ありがとう、嬉しい！」

そんなわけで、ルイ＝フランソワ君とお菓子作りを開始する。

「カボチャプリンを入れる器を、パイで作るの」

『了解でしゅ』

解凍したパイ生地をめん棒で伸ばし、ケーキの型に合うように塡《は》め込んでいく。これにクッキングペーパーを被せ、タルトストーンを詰めていく。

『あの、遥香さん。どうしてタルトストーンを入れるのでしゅか？』

「入れないで焼くと、パイの土台が膨らんで、ぼこぼこになるからだよ」

『なるほど！　型を均等な形に焼き上げるために、大事なのでしゅね！』

「そうそう」

私のゆるふわな説明よりも、ルイ＝フランソワ君の言葉のほうが百倍わかりやすい。なんて賢い子なのか。思わず、頭をよしよしと撫でてしまう。

パイ生地を焼いている間に、カボチャプリン作りに取りかかる。

茹でたカボチャは裏ごしして舌触りをよくしておく。ここで、パイ生地が焼き上がった。オーブンから取り出し、粗熱を取る。

続いてボウルにカボチャのペースト、牛乳、生クリーム、砂糖、ゼラチン、バニラビーンズを入れてよく混ぜたものを、パイの型に流し込む。あとは、冷蔵庫の中で冷やして固めるだけ。夜にはしっかり固まっているだろう。

片付けが終わったころに、長谷川係長がジムから戻ってきた。買い物をしてきたようで、両手にスーパーの紙袋を抱えている。

時刻は十二時前。お昼の時間だった。

「遅くなってごめん。お腹空いたでしょう？」

「空きました」

「今から作るから」

カウンターテーブル越しに、長谷川係長の調理する様子を見守る。

スーパーの袋から取り出されたのは、立派なステーキ肉だった。

「昼から肉だけれど、大丈夫？」

「はい！」

長谷川係長は、まな板の上に置いたステーキの赤身と脂肪の間に、包丁で切り込みを入れている。筋切りを知っているなんて、さすがだ。これをすると、お肉がやわらかく仕上がるのだ。

続いて、軽く塩コショウが振られ、熱したフライパンでスライスしたニンニクが炒められ、そこにステーキ肉が並べられる。ジュワジュワと、お肉が焼けるいい匂いが漂ってきた。

「焼き加減はどうする？」

「ミディアムくらいでお願いします」

「了解」

慣れた手つきでステーキ肉を焼いているように見える。

「私、お肉焼くの苦手なんです。いつもパサパサになってしまって」

「コツを摑んだら、そこまで難しくないよ」

裏返すのは一度だけ。焼き色を付けたあとは、アルミホイルで包んで余熱で火を通すらしい。

アルミホイルから出してカットしたステーキ肉は、ほどよく赤身を残しつつ、おいしそうに焼き上がっていた。

炊飯ジャーの中には、ピラフが炊き上がっていた。お皿に装い、上から乾燥バジルを散らす。そこに、先ほどカットしたステーキ肉を並べ、赤ワインで作ったソースをかける。クレソンを添えたら、長谷川係長の特製のビーフステーキ&ピラフの完成だ。

思わず拍手したくなるくらいの、すばらしい仕上がりである。

「あの、この前作っていただいたオムライスもおいしかったですし、今朝のモーニングプレートはお店レベルで、その上、ステーキやピラフまで作れるのですか？」

去年の秋くらいから本格的な自炊を始めた人が作る料理とは、とても思えないクオリティである。正直、お店で出てきてもおかしくない仕上がりだ。

「サイトとか本で調べたレシピを、そのまま実行しただけだから」

「またまた、ご謙遜をおっしゃって」

温かいうちにいただく。ステーキ肉は信じがたいほどやわらかい。肉汁とソースを吸ったピラフもおいしかった。

「おいしいです。最高です」

「そう」

長谷川係長は目を細め、唇にソースでも付いていたのか舌先でペロリと舐める。普段は絶対しないような、色っぽい仕草だ。

そして、私が少しだけぼんやりしている間に、すべて食べ終えてしまった。

これまでの長谷川係長は、ゆっくり味わうように食べていたようだが……。

キャラメルバナナケーキをまるまる一本食べたときも思ったけれど、最近食べるのがものすごく速い。

体調不良を補うために、食欲が増しているのだろうか？　よくわからない。

作るメニューだって、真っ昼間からステーキを選ぶような人だっただろうか？

ランチに行くときは、肉料理よりも魚料理を好んでいたような気がする。どちらかと言えば魚派だ、なんて話をした覚えもあった。

何かがおかしい。

食べる量が？　食事の仕草が？　食の好みが？

わからない。ほんの些細《ささい》な違和感でしかなかった。

ちょうど、冷蔵庫にカボチャプリンパイがある。確かめるならば、今しかない。

「あの、さっき、カボチャプリンパイを作ったんです。まだ冷えてないとは思いますが、食べますか？」

長谷川係長は笑顔で頷いた。六等分にカットし、大きめのお皿に三切れ並べる。仕上げに生クリームを絞ったものを、長谷川係長の前に差し出した。

「こんなに食べていいの？」

「ええ、どうぞ」

「いただきます」

長谷川係長はプリンパイを摑むと、一切れをふた口で食べきった。続けて、二切れ目、三切れ目と食べてしまう。

最後に、口の端に付いた生クリームを指先で拭うと、舌先で舐め取った。

「うん。永野さんのお菓子は、本当においしいね」

「お口に合ったようで、何よりです」

やっぱり、おかしい。いつもの長谷川係長ではなかった。

同棲したら、態度が変わる人がいるという話も聞く。けれども、食に限定してここまで変わるというのは記憶になかった。

長谷川係長の中で、いったい何が起こっているのか。一刻も早く明らかにする必要があるだろう。

私が今覚えた違和感を、母にメールで伝えよう。母は元巫女《みこ》だ。送った情報から、何か勘づくかもしれない。どうか、頼む！　神頼みするような気持ちで、送信ボタンを押した。

「それで——永野さん、どうかしたの？」

「え？　あ、いいえ！　なんでもないです。夕食のお話でしたね」

「うん、そう。今夜はローストビーフにしようと思うんだけれど」

「ああ、いいですね。大好きです」

長谷川係長が二食続けて肉料理を作る？　ないない、絶対にない。

いったいどうして、ここまで偏った料理を作るのか。

あとでこっそり冷蔵庫を覗き込むと、大量の肉が買い置きしてあった。明日も確実に、肉料理が続くだろう。立派な牛テールもある。本格的な牛テールのシチューでも作るのだろうか。

魚や野菜は買っていないようだった。

これまでの長谷川係長の冷蔵庫とは何もかも異なる。こんな、高校生の男子が三人いるご家庭みたいな冷蔵庫ではなかったはずだ。

「やっぱりおかしい……！」

警戒しておく必要があるだろう。

そして、昼間に宣言していたとおり、夜は豪勢なローストビーフだった。おいしいバゲットに、赤ワイン、チーズと最高としか言いようがない夕食である。一瞬、長谷川係長への違和感についても、忘れそうになった。

我に返ったのは、脱衣所で体重計に乗った瞬間である。

「え……二キロも太ってる⁉」

たった三食、長谷川係長の料理を食べただけで、こんなに太っているなんて。

大きな衝撃に襲われた。

このままだったら私は、みるみる太るに違いない。それを阻止するためには、長谷川係長の体の謎を暴いて、同棲状態を解消しなければならないだろう。

眠る前に、母からの返信が届く。なんでも福岡の祖父から、ある霊験あらたかな品物が届いたらしい。明日の昼頃にでも、調査結果を話すついでに持ってきてくれるという。もしかしたら、長谷川係長の問題が解決するかもしれないとメールにあった。

ひとまず、よろしくお願いいたしますと返す。

なんだかいろいろ考えすぎて疲れてしまった。明日の私、頑張れと放り投げ、この日は就寝することとなった。

翌朝——朝から思いがけないメニューが食卓に並ぶ。それは、土鍋で炊かれた参鶏《サムゲ》湯《タン》。

「あ、朝から参鶏湯、ですか」

「おいしそうでしょう？」

「ええ、とっても」

まるまるとした鶏が、土鍋にどん！　と収まっている様子は大迫力としか言いようがない。昨日、冷蔵庫を覗いたときは丸鶏なんてなかったのに……。

はっ、冷凍庫か!?

普段、あの冷凍庫にはほとんど何も入っていなかった。丸鶏が鎮座するスペースは十分あったはずだ。

まあ、丸鶏の存在に気づいていたとしても、朝から参鶏湯というイベントは回避できなかったとは思うが。

「参鶏湯は、韓国では夏の滋養強壮食として親しまれているんだって」

「そうなんですね。寒い冬の夜に食べる料理かと思っていました」

なんでも、私が疲れているように見えたので、朝から張り切って作ってくれたようだ。長谷川係長の優しさが身に染みるような、染みないような……。なんとも複雑な気持ちである。

長谷川係長は料理用ナイフで丸鶏を切り分け、中に詰め込まれていた餅米と一緒に装ってくれた。ほかほかと、鶏の出汁の匂いが漂う。

「参鶏湯は味付けしない状態で煮込むんだけれど、それだと味気ないから、薄口醬油とか塩を入れて味付けしてみた。おいしいかわからないけれど」

もう、匂いをかいだだけでおいしいだろうとわかる。空腹だったため、ありがたくいただいた。

「うっ、上品なお味……！　おいしいです」

私の感想を聞いた長谷川係長は、安堵したように微笑む。

丸鶏がどかんと入った土鍋が食卓に並んだときは驚いたが、あっさり仕上げの参鶏湯は朝でも食べられる。あまりにもおいしかったので、二杯もおかわりしてしまった。

土鍋は四人から五人前のサイズだが、長谷川係長はペロリと平らげていた。ここ最近、本当に食欲がとんでもない。その謎も、母が持ってきてくれる霊験あらたかな品があれば、原因は判明するだろう。……たぶん。

それからのんびりとした時間を過ごす。私は長谷川係長の部屋にあった古代の中国を舞台にした漫画を熟読してしまった。

区切りのいいところまで読み終わったあと、ちらりと長谷川係長のほうを観察してみる。

ソファに腰かけ、優雅な様子でモチオ・ハンクス二十世と一緒にアニメを観ていた。すっかり打ち解けたものである。

監視役と監視対象にはとても見えない。

これから買い物にでも行こうか。冷蔵庫の中は肉がぎっしり詰まっているものの、私まで毎日肉料理を作るわけにはいかない。魚と野菜を入手しなければ。平日はヘルシーな料理にしたい。このままだったら、体重は増える一方だろう。

鞄を手にすると、ジョージ・ハンクス七世とルイ=フランソワ君が一緒についていくと言って中に入ってきた。彼らが主食とするペレットも買ってこなければならない。

「あれ?」

ふと、窓の外を眺めていたら、晴れているのに雨が降っていた。

「あ、狐《きつね》の祝言だ」

「永野さん、狐の祝言って何?」

「天気雨をそう呼ぶのですよ」

「そうなんだ。狐の嫁入りなら聞いたことがあったんだけれど」

「地域によって、いろいろ呼び方があるようですね」

私が狐の祝言を耳にしたのは、親戚の集まりだったか。天気雨を見て、誰かが「狐の祝言だ」と口にしたのをずっと記憶していたのだろう。

晴れた日の雨を狐の祝言と呼ぶようになったのには、諸説あるらしい。説明できない天候を怪奇現象とし、狐のせいにしていたとか。雨乞いをするために化け狐の花嫁を生贄《いけにえ》にしたため、夫を愛していた狐の涙が雨になったとか。

「小さい頃に聞いた話なので、記憶もあやふやなのですが」

「へえ、そう。だったら——今日は、花嫁を迎えるに、相応しい」

長谷川係長の声が、いつもと違うように聞こえて振り返る。

「え？」

ぞわりと、全身に鳥肌が立った。ジョージ・ハンクス七世が飛び出してきて、私を守るように両手を広げる。ルイ＝フランソワ君も、鞄から顔を覗かせ、警戒を強めていた。

「あれは、いったい……？」

不可解な状況に、言葉を失ってしまう。

視線の先にいたのは、狐の耳と九本の尻尾を生やした長谷川係長の姿だった。

たちまち部屋中に邪気が漂って、息苦しくなる。立っていられずに、その場に片膝を突いてしまった。

「はっ、はっ、はっ——ううっ!」

息をするのもままならない。

すぐさま、モチオ・ハンクス二十世が私のほうへと退避してくる。肩に着地し、服の襟にしがみついた。

震えが収まらない。そんな私を見て、長谷川係長はにやりと笑った。いつもの笑顔ではない。どこか嘲り笑うような笑みだった。

「長谷川さん、ではない?」

私の疑問に、モチオ・ハンクス二十世が答える。

『……狐憑《つ》きだと思う。たぶん』

「き、狐憑き!?」

何かおかしいと思っていた。心の中でちらっと、何か取り憑いているのではと考える瞬間もあった。けれども、怪異の気配はなかったし、邪気も発していなかった。調子がいい日の、ごくごく普通の長谷川係長だったのである。仮に、もしも取り憑いているとしたら、真っ先に母や祖父が気づくと思っていた。

長谷川係長が鬼ということをひと目で見破った母が何も言わなかったので、何かに取り憑かれたという推測は除外していたのだ。

それだけ巧妙に存在を隠していたのかもしれない。つまりは、とんでもなく高位の怪異、ということになる。

ピンと立った長い耳に、九本の尻尾——あれは、九尾の狐だろう。

こちらを見つめる長谷川係長の瞳は、怪しく光っている。意識を乗っ取られているのかもしれない。

圧倒的な実力の差は、戦わなくともわかる。私が攻撃の姿勢を取っただけで、消し炭にされるに違いない。

何を考えているのか、まったくわからない。私達の命を狙っているのかもしれないし、興味すらないのかもしれない。

かといって、安心はできない。得体の知れない圧を前に畏怖を感じ、ガクガクと膝が震える。

九本の尻尾が、どこか楽しげにゆらゆらと揺れているように見えた。

額から滲《にじ》んだ脂汗が、ツーっと頬を伝っていった。これまで対峙《たいじ》した怪異の中でも、もっともたちが悪い存在だろう。

　以前、邂逅《かいこう》した豆だぬきのお宿の女将《おかみ》さんとも圧倒的な力の差を感じたが、こちらは得体の知れなさが強い。ひたすら恐怖を感じるような相手だった。

　このままではいけない。そう思って、声を振り絞る。

「あの、長谷川さんの体から、で、出て行って、くれませんか？」

「なぜ？　この体は、力を得るのに、都合がよい」

　問答無用で襲いかかってくると思いきや、九尾の狐は私の問いかけに応じる。ただ、こちらの願いを叶《かな》える気はさらさらないようだ。

「長年、眠っていたのだが、久しく目覚めると驚いた。浅草の町には、我の餌となる鬼がおらんかったから」

「鬼!?」

「ああ、そうだ。まあ、つまり、死した悪霊よ」

　悪霊を鬼とする考えは、中国を由来とする。この九尾の狐は、海を渡って浅草の地へとやってきたのだろうか。

「遠いところから、はるばるやってきたというわけ、ですか？」

「ん？　まあ、そうだな。鬼の気配を辿っていたら、この地へと辿り着いた。地名は、下野国《しもつけのくに》だったか。よう、覚えておらぬ」

「下野国？」

私の肩に乗っていたモチオ・ハンクス二十世が、ポツリと呟く。

『……下野国は、今の栃木県』

「栃木県から来たんだ」

なんでも栃木県が下野国と呼ばれ始めたのは、もう千年以上も昔の話らしい。その時代から生きていた怪異だと聞いて、ゾッとしてしまう。

「昔と違って、驚くほど悪霊が少ない。せっかく目覚め、自由となったのに、喰《く》いもんがなければ、飢えてしまう――」

それも無理はない。昔と違って現代では、死を迎えるときちんと供養してもらえる。よほど強い未練や怨みがない限りは、成仏しているのだろう。

「だから、人間の精気をつまみ喰いしとったのだが、ちょっと吸っただけで、倒れるとは、まことに貧弱よ」

「ちょっと吸っただけで倒れる……？　もしかして、あなたが連続昏倒事件の犯人だったの？」

「ん？　知らぬ」

本人はそう言っているものの、この九尾の狐が確実に犯人だろう。

思わず頭を抱え込む。浅草の地を事件の現場にしたのは、強力な怪異だったとは。化けを得意とする九尾の狐は、陰陽師達の調査と監視をかいくぐり、次々と事件を起こしていたのだろう。さらに今、長谷川係長に取り憑いている。

「あなたが、長谷川さんにお肉をたくさん食べるよう、仕向けたの？」

「ああ、そうだな。現世の肉は、鬼並みにうまい。それ以上にうまいのは、お前の作った甘味だ。驚いた。あのような甘露、味わったのは初めてだ」

まさか、九尾の狐のお口にも合っていたとは……！

「初めてお前の菓子を口にしたのは、路地裏だった。怪異らが夢中になって食べるそれに興味を引かれ、怪異ごと喰らってやった」

するとみるみるうちに気力が漲《みなぎ》り、鬼を喰らうのと同等かそれ以上の力を得たという。

「お前のような人間ははじめてだ。初めは喰らってやろうと思ったのだが、それをしてしまうとあの不思議な甘味が喰えなくなる」

命を狙われていたとは、ゾッと鳥肌が立つ。

「どうしようか考えた結果、お前の傍にいる男に偶然気づいたのだ」

私のせいで、長谷川係長が狙われてしまったというわけである。胸がぎゅっと苦しくなった。

「驚いたな。この地に、これほどの化け物がいるとは。しかも人間であり、化け物でもある、不思議で不可解な存在だった」

すぐに長谷川係長を喰らおうとは思わなかったらしい。慎重な性格なので、千年以上も退治されずに生き延びているのだろう。

「こやつと本気で戦った場合、無傷ではいられなかっただろう。それよりこっそりこの男に取り憑いて、お前の作る甘露を口にするほうが手っ取り早いからな」

なんてずる賢く、狡猾《こうかつ》な手口なのか。長谷川係長はずっと、原因不明の体調不良でくるしんでいたというのに……！

「い、いったい、いつから、どうやって取り憑いていたのですか？」

「それは、こやつが盗人《ぬすびと》を捕らえた瞬間だな」

「盗人……？　まさか、ひったくり犯に取り憑いていて、長谷川さんが拘束した瞬間に、乗り移ったのですか？」

「ああ、そうだ」

長谷川係長と一緒に町へ調査に出かけた日——あれ以降、具合を悪くしていたのだ。

まさか、あの瞬間に取り憑かれていたなんて。

「この男に取り憑き、内側からどんどん衰弱させようとしていたのだが、お前が作る物を口にするたびに、失敗しておったのだ。ただ、そのたびに我も力を得ていたため、悪い状況ではなかった」

これまでは私達に気づかれないよう、大人しくしていたようだ。

そう言う割には、長谷川係長に肉料理を作らせたり、お菓子をたくさん食べさせたりと、違和感を覚える点は多々あったが。

けれども、怪異の気配をきれいさっぱり消していたのは、さすがとしか言いようがない。

「ここ数日、この先どうしようか考えた結果——お前を花嫁にしようと思った」

「え!?」

「喜ぶがいい。お前は、我が初めて花嫁とする女だ。これまでは、男とばかり結婚していたからな」

「ど、どういうことなのですか!?」

「話せば長いが、聞くか?」

こくりと頷くと、九尾の狐は語り始める。

「我がどこから生まれ、どうやって力を付けたのかは、覚えておらぬ。もっとも古い記憶は、殷《いん》の国か」

「殷……？　それって、古代中国の？」

「さあ？　今、なんと呼ばれている国かは知らぬ。紂王《ちゅうおう》を最後に、殷が滅亡したことだけは確実だろうが」

なんと、九尾の狐は殷の紂王の寵姫《ちょうき》だった。

自らの力となる鬼を喰らうために、紂王を操って混沌《こんとん》の時代を造ったという。

先ほどまで殷の時代を舞台にした漫画を読んでいたので、すぐにピンときた。

九尾の狐は、恍惚《こうこつ》の表情で当時について話し始める。

「酒の池に、肉の林、駆け回る美しい男女や獣――とても楽しいひとときだった」

ぞくりと鳥肌が立つ。それは、『酒池肉林』の元となった宴《うたげ》ではないのか。

「焙烙《ほうらく》する者達を見るのも、また快楽であった」

それは炎の野原に油を塗った銅柱をかけ、その上を罪人に歩かせるという残酷な刑だという。ゾッとするような残忍な刑罰だ。これも、先ほど漫画で読んだ。

この九尾の狐は、あの有名な『妲己《だっき》』と呼ばれる存在だったのではないか。話を聞いているうちに、思い始める。

「しかしまあ、楽しい時間も長くは続かなかった。周の武王に、我と紂王は殺されてしまったのだ」

もちろん、九尾の狐は心臓を剣で貫かれようが、首を切り落とされようが、死することはない。

「我は長い間月明かりを浴びて力を取り戻し、星々の橋を跳ねてよその国へと降り立った」

次なる国は、耶竭陀《まがた》——天竺《てんじく》の国。そこで華陽《かよう》という美しい女性に化け、王子である班足太子《はんぞくたいし》の妻となり、悪逆の限りを尽くす。

「そこでは千人もの人の首を刎《は》ねさせた。夜は夜で、人々を襲ってペロリと呑み込んだ。愉快な毎日だった」

すべては、鬼を喰らうため。別に、九尾の狐は人ならば誰もが欲しがるような金銀財宝が欲しいわけではなかったという。

財と権力、それから名声、それらが集まる場所には、人の強い感情が渦巻く。命を落としたあとも、強い未練を残して鬼として現世に止《とど》まり続けるのだという。

「順調に鬼を啜《すす》り喰っておったのだが、今度は悉達太子《しったたいし》の弟子が我を人ならざるものだと見抜いた」

モチオ・ハンクス二十世が耳元で囁く。悉達太子というのは、あのお釈迦様《しゃかさま》の出家前の名前らしい。驚いた。お釈迦様の弟子が対峙していた怪異だったなんて。

九尾の狐は聖なる川を回避するように大地を跳ね、耶竭陀の国をあとにした。

「我は再び、かつて紂王が治めていた国に戻ってきた。そこは、周という名の国になっていた」

周には何があろうと笑わない妃《きさき》、褒姒《ほうじ》と、彼女を寵愛《ちょうあい》する幽王が、日々珍妙なやりとりを繰り広げていたという。

「あの男はたったひとりの女を笑わせるために、おかしな行動を繰り返していた」

ただ何をしても、無表情で仏頂面の褒姒は微笑むことはなかったという。

「面白い奴《やつ》らだと思って、我は褒姒に化けて、幽王をからかってやった」

ある日、幽王が間違って狼煙《のろし》を上げて敵襲を知らせてしまう。兵士が駆けつけたものの、敵の姿はない。

「間抜け面を晒《さら》す兵士と幽王を見て、我はたまらなくおかしくなった。大声をあげて、笑ってしまったのだ」

それから、幽王は九尾の狐扮する褒姒を笑わせるために、わざと狼煙を上げて兵士達を集めさせる。そのたびに、九尾の狐はご機嫌に笑ってやった。

何度も何度も繰り返した結果、ついには兵士が駆けつけなくなってしまった。皆、また褒姒を笑わせるためだけに狼煙を上げたのだと決めつけていたのだ。

ある日、幽王は狼煙を上げる。その狼煙は本当の敵襲を知らせるものだった。

けれども、また褒姒を笑わせるための狼煙かと判断され、兵士はやってこなかった。

幽王は孤立無援となり、反乱軍の手によって殺される。王が死した国は、瞬く間に滅びてしまった。

九尾の狐は化けを解いて、今度は海でも渡ってみようと思ったようだ。

「なんという名の船だったか。たしか、遣唐船と呼ばれていただろうか。船乗りの男は、全部で四隻あると申していたな」

九尾の狐は唐に派遣された使節団に混ざって、国から国へと渡ったようだ。

時は平安時代――ついに、九尾の狐が中国の地から日本へ降り立ってしまった。

九尾の狐は絶世の美女に化け、権力者に取り入りながら上へ、上へと上り詰めたのだという。

「最終的に我は京の上皇の目に留まり、玉藻前《たまものまえ》という名で寵愛された」

玉藻前は上皇を呪って病をもたらすだけではなく、雹《ひょう》を降らせたり、飢饉《ききん》を起こしたり、火災を起こしたりと、やりたい放題だった。

「鬼を喰らう快楽がしばし姿に出ていたのだろうな。狐の怪異だと、見抜かれてしまった。我を退治しようと国一番の陰陽師を、上皇の臣下共が呼び寄せたのだ」

現れたのは安倍泰成《あべのやすなり》――安倍晴明の直系子孫だという。

安倍泰成は九尾の狐の正体を暴き、京の地から追い出した。

「憎き安倍泰成に追い立てられた我は、再び生まれし土地へ戻ろうとした。しかし……」

力を使い果たしてしまった九尾の狐は、すぐに海を渡れない。鬼を喰らう必要があった。

下野国にいた鬼だけでは足りずに、九尾の狐は人をも喰らい続ける。未練を残して死した人は、鬼となった。その鬼を、九尾の狐は喰らう。その繰り返しであった。

近辺で起こる残忍な事件の数々は祟《たた》りのせいだと人々が囁く中で、朝廷がふたりの男に「玉藻前を退治するように」と命じた。

弓矢の名手であった三浦介《みうらのすけ》、上総介《かずさのすけ》は、首尾よく九尾の狐を追い詰める。

矢が九尾の狐に迫った瞬間――大きな石に化けて攻撃から逃れた。

「我が転じた石を人々は殺生石と呼び、恐れ戦《おのの》いていたという」

ここまで聞いて思い出す。那須高原にある殺生石は、悪しき九尾の狐の魂が固まって現世に残ったものだと。なんでも、殺生石からは毒が発せられており、今もなお誰であろうと接近できない不思議な石らしい。調べたところ、硫化水素ガスが発生しているため人は近づけないようだ。

九尾の狐は時を経て動き回れるまでに力を取り戻し、浅草の地へとやってきたのだろう。しかしなぜそれが今のタイミングで、標的は私と長谷川係長だったのか。不運にもほどがある。

さまざまな時代の国王を陥落させ、国を滅ぼし続けた傾国の怪異が私達の前に現れるなんてありえないだろう。

今の時代、安倍晴明どころか、安倍泰成クラスの陰陽師なんて存在しない。つまり、今目の前にいる九尾の狐を退治する方法は皆無なのだ。

どうしよう……どうしよう……本当にどうしよう。頭を抱え込む。

長谷川係長の意識はもう、なくなってしまったのだろうか。確認する術は思いつかない。

「いつの時代も、男は愚かだった。この男もまた、前世を振り返ってみればまた愚か。女ひとりのために身を滅ぼすなど、笑えるわ」

『こいつ!!』

ジョージ・ハンクス七世が九尾の狐に飛びかかる。だが、軽く手で払われてしまった。

『うっ!!』

「ジョージ・ハンクス七世!!」

契約を交わし、運命を共にする私達は、ダメージも共有する。息が詰まって、一瞬視界が真っ白になった。

しっかりしなければ。ここで倒れるわけにはいかない。

鞄の中で握っていたマジカル・シューティングスターを取り出す。それは、叔父の義彦《よしひこ》から預かっている、呪術を使う媒体だ。アニメの魔法少女が持つような杖《つえ》は、私が持つには少々痛い。

けれども、今この場で唯一、戦える手段とも言えよう。

「なんだ、その棒っきれは。そんな物で、我と争おうと言うのか?」

ジロリと睨《にら》まれたのと同時に、握っていたマジカル・シューティングスターを落としてしまう。不自然に床の上をくるくると回り、手の届かない場所へ行ってしまった。きっと、九尾の狐がマジカル・シューティングスターを危険と判断し、私から遠ざけたのだろう。

戦う気はこれっぽっちもない。倒せるとも、思っていない。ただ、長谷川係長の意識を引き出せないか、必死になって考えている。

耳元で、チャキという音が聞こえた。何かと思って見たら、モチオ・ハンクス二十世がハムスターサイズのライフル銃を構えていた。いつもかけている眼鏡も、いつの間にかサングラスに変わっている。

「ちょっ、モチオ・ハンクス二十世!?」

『……発射《ファイア》』

モチオ・ハンクス二十世が引き金を引き、弾丸が放たれる。九尾の狐は手で受け止めたようで、不思議そうに弾丸を見つめていた。

「なんぞ、これは」

『……駄菓子のラムネ』

ラムネの弾丸で九尾の狐が倒せるわけがないのに。あろうことか、続けて銃を撃つ。今度は、口の中へと入っていった。

「ラムネか、初めて食べた。なかなかうまいな」

まさかの高評価である。九尾の狐は手の中にあったラムネも口にした。

モチオ・ハンクス二十世は次々とラムネを打ち込んでいた。これは、時間稼ぎなのだろう。かと言って、逃げても根本的な問題は解決しない。誰かに助けを求めても、この九尾の狐には勝てるわけがなかった。

九尾の狐に向かってラムネの弾丸を放ち続けるモチオ・ハンクス二十世だったが、弾切れを起こしてしまったようだ。

ライフル銃はぽいっとその場に捨てられる。

『……こうなったら、もうこれしか』

そう言って取り出されたのは、棒つきキャンディである。先端に、円柱状の飴が付いていた。それを、槍《やり》のように構えている。

「なんだ、それは？」

『……駄菓子の、飴』

「なるほどな。来い！」

モチオ・ハンクス二十世は九尾の狐に飛びかかった。そして、口に向かってキャンディを突き出す。

「ふむ、これも嫌いじゃない」

モチオ・ハンクス二十世は手品のように、新しい駄菓子を取り出す。今度は、傘の形をしたチョコレートだ。

「ルイ=フランソワ君、お願いがあるの」

『な、なんでしゅか?』

「テーブルの上にある、果物ナイフを、持ってきてくれる?」

『り、了解でしゅ』

　モチオ・ハンクス二十世が九尾の狐の気を引きつけているうちに、ルイ=フランソワ君が行動する。私が動いたら向こうも勘づくだろうから、ルイ=フランソワ君の存在がありがたかった。

　ぐったり倒れるジョージ・ハンクス七世は、きっと気を失っているだけだろう。大丈夫だと、自分に言い聞かせる。

　ルイ=フランソワ君から果物ナイフを受け取った瞬間、モチオ・ハンクス二十世の小さな体が弾《はじ》かれた。

「もう、駄菓子とやらは尽きたのか?」

『……お小遣い、一ヶ月二百円だから』

「えっ、少なっ! お父さん、ケチ過ぎる!」

　モチオ・ハンクス二十世はお小遣いで購入した二百円分の駄菓子を、すべて九尾の狐に食べさせてしまったようだ。怪我はないようだが、落ち込みようは倒れた姿からひしひしと伝わっていた。

「そんなことはどうでもよい。おい、お前、どうするか、決めたか？」

九尾の狐の花嫁になるか否か――。

「そんなの、お断りです。この世に長谷川さんがいないのならば、死んだほうがマシ！」

手にしていたナイフの切っ先を、自分の首元へと向ける。

ナイフの先端が、震えていた。けれども、もうこれしか手段は思いつかない。

首の皮を鋭いナイフが切り裂く。痛みに襲われたが、奥歯を嚙《か》みしめて耐えた。

「くっ……！」

「やめろ!!」

その時、発せられた大声は、九尾の狐のものではない。長谷川係長のものだった。

耳や尻尾はそのままだが、一時的に意識を取り戻したのだろうか。

彼は私のほうへ駆け寄ると、ナイフを取り上げる。そして、手にしたナイフを、自分の腿に突き刺した。

「ぐっ!!」

「きゃあ！　は、長谷川さん!?」

私がナイフを握っていたせいだ。くらりと一瞬だけ目眩を覚えたが、気を失うわけにはいかない。

「な、永野さん、は、離れて」

「ですが、血が!」

「いいから……。こうでもしないと、自分を、保てない」

九尾の狐に体を乗っ取られた間、ずっと意識があったらしい。

だが、まさか、伝説にもなるような九尾の狐が己の体内にいたとは、とショックを受けているようだった。

「永野さん、逃げるんだ……」

「できません!」

「どうして?　もう、長くは意識を保てない、のに」

「私も、一緒にいます」

「なんで……?」

「ひとりで生きていたって、意味がありませんから」

「どうして、そんなことを言う?　せっかく、前世と違って、健康な体に、生まれたのに」

「それでも、あなたといたいから……！」

長谷川係長は腿のナイフを引き抜く。どろりと、血が溢れてきた。止血しようと、慌てて傷口を押さえる。けれども、血の勢いは止まらなかった。

「う、嘘、どうして？」

癒やしの術を試みようと手を取るも、傷は治らない。癒やしの力は、相手が受け入れないと効果がないのだ。

傷を押さえる手が真っ赤に染まり、長谷川係長のズボンにもじわじわと血が広まっていく。焦る気持ちばかりが募っていった。

「お願いです。長谷川さん、癒やしを――！」

これ以上出血したら危険な状態になるだろう。神に祈るような気持ちで、どうか癒やしを受け入れてくれと訴え続ける。

「どうか、どうか――！」

長谷川係長は傷口を押さえる私の手を握った。顔を上げ、強い瞳を私に向ける。目と目が触れ合い、ドクンと胸が高鳴る。長谷川係長は叫んだ。

「二度と、離れ離れになってたまるものか！」

カッと、目を見開く。瞳がじわじわと、赤く染まっていった。以前見た、鬼化の前兆に似ていた。

嫌な予感がする。絶対に止めなければ。

「長谷川さん！」

思わず、抱きつく。すると、ゆらゆら揺れていた尻尾が消えてなくなった。

九尾の狐を押さえ込んだのか。ホッとしたのもつかの間だった。次の瞬間には、頭を抱えて苦しみ始める。

「ううううう、あああああ！」

「長谷川さん！　長谷川さん！　ど、どうしよう――――！」

「遥香、しっかりするのよ!!」

「え!?」

叱咤《しった》の声は、母のものであった。幻聴かと思っていたが、目の前にいた。

その背後に隠れるように父もいる。

母は棒状の何かを、私に投げつけた。

「これで、長谷川さんを叩くの！」

「わ、わかった」

足下に落ちたそれを拾い上げる。紙の束が付けられた棒は、神主がお祓いを行うさいに手にする幣《ぬさ》だ。

普段見かけるのは白い紙の束だが、この幣は色とりどりの紙である。

その幣を、苦しむ長谷川係長に向かって叩きつけた。

一度叩いただけで、背中から大きな金色の毛玉が飛び出してきた。おそらく、九尾の狐なのだろう。

九本も長い尻尾があるので、顔がどこにあるのかもわからなかった。

「遥香!!」

父が何か投げつけてくる。封印と描かれた、木札だ。これで、九尾の狐を封じろというのか。

「お父さん、これは?」

「説明はあとだ!　そこの獣の背中に貼れ!」

「わかった」

毛玉に木札を貼り付けると、眩《まばゆ》い光を放つ。大きな毛玉は、みるみる縮んで小型犬ほどの大きさになった。

それを見た父は舌打ちし、ひとりぼやく。

「クソ、永野家に伝わる伝説の木札でも、完全に封じることは難しいか」

「伝説の木札って、帝から賜ったっていう家宝の？」

「そうだ」

なんでも父は永野家の本家に忍び込み、本物の木札と偽物の木札を入れ替えてきたらしい。

「泥棒してきたの？」

「緊急事態だ！　説明する暇もなかったし、理解もされないだろう！」

「それは、そうかもしれないけれど」

陰陽師としての父は消極的で、危ない橋は絶対に渡らない。けれども、ここぞというときには大胆な手段に出るようだ。

「それよりも、長谷川君は大丈夫なのか？」

「それは――」

長谷川係長の睫《まつげ》が、ふるりと震えた。すぐに手を握ると、そっと瞼《まぶた》が開かれる。

「長谷川さん！」

「うう、永野さん……。なんだか体が、軽い。もしかして、九尾の狐は、でていった？」

「はい！」

毛玉を指差すと、ホッと安堵の息をついていたようだ。次の瞬間、血相を変えた母が訴える。

「遥香、長谷川さんを病院につれていかないと！」

「大丈夫」

「何が大丈夫なの？」

長谷川係長は癒やしを受け入れてくれた。ナイフの傷が、みるみるうちに塞がっていく。

「もう治ったから」

「治ったって、あなた、その力はなんなの？」

「言ってなかったっけ？」

「聞いていないわよ!!」

そういえば、癒やしの能力については、長谷川係長と桃谷君にしか話していなかったような気がする。

だが、これについての話はあと回しだろう。

九尾の狐はどういう状態なのか。固唾を呑んで、毛玉を見つめる。

『う、うううう！』

もぞりと動いた九尾の狐は、顔を上げると胡乱《うろん》な目で私達を見つめた。

『気持ち悪い』

鞄の中にあった甘味祓いをかけた飴を、九尾の狐の口元へと運んだ。

『……ふう。少しはマシになったか』

ちょこんと座った九尾の狐は、すっかり可愛らしい姿になっていた。禍々《まがまが》しさも押さえ込まれ、邪悪さもいっさい感じない。おそらく、永野家の木札が上手く力を封じているのだろう。

かと言って、安心はできない。この九尾の狐は、中国、インド、日本と渡って国を滅亡へと導こうとした、邪悪な怪異だから。

これ以上、封印するのは難しい。どうすればいいのか。考えていたら、ふいに中華街で薬屋カフェの店員さんに聞いた鍾馗についての話を思い出す。

——悪しき鬼も、真心を持って祀ったら神になる。

そうだ、それしかない。すぐに、九尾の狐に向かって提案してみた。

「あの、九尾の狐さん、神様になりませんか？」

『は？』

「毎日お菓子をお供えしますので、神様になってください」

長谷川係長も私の意図をくみ取ってくれたのだろう。頭を下げ、懇願する。

「肉料理も捧げます。どうか、よろしくお願いいたします」

父と母もよく理解していないものの、一緒になって頭を下げてくれた。

『神……神かー。ふむ。長い生の中で、神と崇《あが》められたことはなかったな』

九尾の狐は人々を騙《だま》し、悪事を働き、国を災禍へ陥れてきた恐ろしい存在だ。けれども、私達が心を込めて祀ったら、神になれる可能性もある。満足するまでお菓子や肉料理を与えたら、悪さもしないだろう。

だからどうか、頼みます――！

『ふむ、珍しく、悪い気はしない。いいだろう。お前達の、神になってやろうぞ』

ああ、よかった。

安堵したら、緊張の糸がブツンと切れたようだ。

みるみるうちに、意識が遠のいていく。私を呼ぶ長谷川係長の声を聞きながら、心の中でごめんなさいと一言謝罪した。

第四章

神様を祀ることにしました

(※ただし、元怪異)

「んん？」

『遥香！』

「遥香！」

枕元に、ジョージ・ハンクス七世と母がいた。ふたりとも、涙ぐんでいる。

なんでも、九尾の狐が神になると宣言したあと、私は倒れて意識を失っていたらしい。二時間ほど、こんこんと眠り続けていたようだ。

「長谷川さんと、お父さんは？」

『心配するな。みんな無事だ！』

「ジョージ・ハンクス七世も？」

『俺も、なんともない。みっともなく、気を失っていただけだ』

「よかった」

母が長谷川係長や父を呼び寄せる。ふたりは私を見るなり、今にも泣きそうになった。ずいぶんと、心配をかけていたようである。

「ごめんなさい。もう、大丈夫だから」

「永野さん、ゆっくり休んで」

「無理はするな」

そう言って、リビングのほうへと戻っていった。

私が意識を失っている間、長谷川係長はずっと、九尾の狐に捧げる肉料理を作っていたらしい。父は九尾の狐の神棚を確保するために、奔走したようだ。

ひとまず、長谷川係長は普段通りだと聞いてホッと胸をなで下ろす。

「他人の無事を喜んでいる場合じゃないわよ。遥香、あなた本当に無茶をするわ」

「無茶をしたのは、どちらかと言えば長谷川さんのほうだけれど……」

まさかナイフで腿を刺して自我を取り戻すという過激な方法を取るとは、想定もしなかったのだ。

「あなたも、首を切ったのを忘れたとは言わせないわよ」

「それは……ごめんなさい」

本当に死ぬつもりはなかった。両親がやってくるのを期待し、ひたすら時間稼ぎをしていたのである。長谷川係長は私の生死にとても敏感だ。その思いの強さは、きっと九尾の狐の支配に勝るだろうと信じ、自害するふりをしたに過ぎない。

長谷川係長が九尾の狐の意識を押さえ込んでくれたおかげで、両親は間に合った。感謝しかないのである。

「そういえば、お母さん達はどうやって長谷川さんの部屋に入ったの？」

私の部屋の鍵は、何かあったときのために叔母の織莉子が母に預けているが、用心深い長谷川係長が、鍵を閉め忘れることなんてありえない。何か不思議な術を使ったとしか思えなかったのだ。

「別に術なんて使っていないわよ。長谷川さんが、私達に部屋の鍵を預けていたの」

同棲が決まったときに、いつでも訪問してくださいと言って両親に鍵を託していたらしい。そのおかげで、今回助かったというわけだ。

「それにしても、まさか九尾の狐が長谷川さんに取り憑いていたなんて……」

「お父さんも、ずっと迷っていたみたい」

長谷川係長を写した写真は、祖父の目には真っ黒い画面にしか見えなかったらしい。あまりにも邪悪で、数日寝込んでしまったのだとか。少しずつ調査をした結果、世にも恐ろしい怪異が取り憑いている可能性が浮かび上がったようだ。

「けれど、確信はなかったようなの。だって、ありえないでしょう？　あの有名な、妲己とか玉藻前とか、国を滅亡へ導いた九尾の狐が取り憑いているって」

「そうだよね」

　祖父が急遽送ってくれた幣は、玉藻前を祓った安倍泰成が使っていたものと同じ品だそうだ。効果は抜群だった。

「今度、お祖父ちゃんのところに行って、直接お礼を言わないと」

「長谷川さんと一緒に行ったらひっくり返るだろうから、ひとりで行きなさい」

「もしかして、お祖父ちゃん長谷川さんが鬼って気づいちゃう？」

「当たり前じゃない。本職なのよ」

「だよね」

　ひとまず、元気になったら電話をしなければならないだろう。

「あの、お母さん。今回のことって、本家に報告するの？」

「できるわけないでしょう。もしも言ったら、祓うと主張して聞かないと思うわ。あれをどうにかするなんて、今の永野家では絶対に無理だから」

「私もそう思う」

　両親と私達の間に、また新たな秘密が増えてしまったというわけである。

「長谷川さんが鬼だと知った日から、いろいろ覚悟はしていたのだけれど、九尾の狐は想定もしていなかったわ」

「ごめんなさい」

「あなたが謝ることでもないわ。大丈夫よ。何があっても、私達は遥香と長谷川さんの味方だから」

母は私の額を優しく撫でて、偉かったと言う。

「事前に話してくれて、ありがとう。おかげで、なんとか間に合ったわ」

「うん」

「これからも、何かあったときは隠さずに、なんでも話しなさい」

「わかった」

母の言葉に、涙がじんわりと溢れてくる。私と長谷川係長は、この世界にふたりきりではない。味方がいる。それが、どうしようもなく嬉しかった。

リビングを覗き込むと、オシャレな部屋に似つかわしくない、神棚と神棚板がドン！　と鎮座していた。父がホームセンターで購入し、設置したようだ。

それにしてもまさか、ホームセンターで神棚が売っているとは……。

父は部屋の端で、真っ白になっている。慣れない神棚作りをしたので、疲れてしまったのだろう。

神棚の屋根部分に九尾の狐が優雅に寝そべっていた。可愛い寝顔だと眺めていたら、パチッと目を覚ます。

『おお、人の子よ、目覚めたか』

心配したと言う。原因はあなた様なのですが、とは口が裂けても言えないが。

『しばし考えたのだが――』

「な、なんでございましょう？」

『これからは、九尾神と名乗るつもりだ。どうだろうか？』

「とっても、すてきだと思います」

『そうだろう、そうだろう！』

九尾の狐こと九尾神は上機嫌だった。手と手を合わせ、今後永遠に機嫌よく在り続けてほしいと願うばかりである。


両親は叔母の家に一泊し、お昼過ぎに帰っていった。たった半日ほどの滞在だったが、たいへん心強かった。

長谷川係長と一緒にマンションのエントランスで両親を見送ったあと、散歩をしないかと誘われる。両親が曲がった方向とは逆の道を、歩き始めた。

冷たい風がヒューヒュー吹いていたが、園芸店の店頭では開花した梅の花が置かれていた。かすかな春の気配を感じる。冬は終わりつつあるのだろう。

途中で鯛焼《たいや》きを買い、近くの公園で食べることにする。自販機でホットコーヒーとホットティーを購入し、ベンチに腰かけた。

「あの、九尾神のこと、勝手に決めてごめんなさい」

「どうして謝るの？　永野さんの機転のおかげでどうにかなったから、こちらが感謝しなければいけないくらいだから」

「そういうふうにおっしゃっていただけると、救われた気持ちになります」

シーンと静まり返る。なんというか、気まずい。もしかしなくても、長谷川係長は何か怒っているのだろう。

「鯛焼き、早く食べないと冷えるよ。カイロ代わりにしたいのならば、話は別だけれど」

「た、食べます」

頭からぎっしりあんこが詰まっている鯛焼きは、とてもおいしかった。尻尾まであんこが行き届いていないのは、理由があるという話を以前耳にした。なんでも、パフェに刺さったウエハースみたいに、口直しの意味があるらしい。尻尾を最後に食べると、あんこの甘ったるさが口の中に残らない、というわけだ。ただの噂話《うわさばなし》なので、信憑性《しんぴょうせい》については謎だが。

ホカホカの鯛焼きを食べ、ホットティーを飲むと、体が温まる。

長谷川係長は険しい表情で、鯛焼きを口にしていた。渋いブラックコーヒーを飲んであんな顔になるのは理解できる。だが、甘い鯛焼きを食べた結果、眉間に皺が寄るのはどうしたものなのか。このまま気まずい状態を家に持ち帰りたくない。勇気を振り絞って、聞いてみた。

「あの、長谷川さん、なんか、怒っています？」

「うん、怒っている」

「えーっと、何に対して怒っているのか、お聞きしてもよろしいでしょうか？」

理由もわからずに謝罪するのはよくないだろう。はっきりと、理由を知りたい。

「九尾の狐に体を乗っ取られて、一時的に意識が戻ったとき、命を絶とうと思っていたんだ。でも、永野さんが一緒に死ぬって言うから、握ったナイフを自分の心臓に突き立てることができなかった。九尾の狐に乗っ取られて周囲が不幸になっても、生き延びたい。そこまでしてでも、永野さんと一緒にいたいって思ってしまって」

事件が平和的に解決した今、一時的とはいえ、そういう選択をしてしまった自分に腹を立てていたようだ。

「それだけじゃなくって——」

私が一緒に死ぬと口にした瞬間、喜んでしまったことに腹を立て、同時に悔いているという。

「永野さんは俺がいなくても幸せになれるって、わかっているんだ。でも、同時に自分以外の誰とも幸せになってほしくないって思ってしまって。だったら、一緒に死ぬのがもっとも幸せなことなんじゃないかって、一瞬考えたんだ」

長谷川係長の愛が、とてつもなく重い。前世からのご縁も相まって、ここまで深刻に思い詰めてしまうのだろう。

「自分自身に苛《いら》ついているだけだから。その、雰囲気悪くしてごめん」

「いえいえ。あの、なんと言いますか、長谷川さんを追い詰めてしまった原因は私にもありますので、その、ごめんなさい」

鬼の力があれば、もしかしたら九尾の狐の乗っ取りから解放されるかもしれない。そんな期待もあって、けしかけるような言葉を発してしまった。私も大いに反省すべきだろう。

「あの、長谷川さん、これからは前向きに、生き残る方向で幸せになる方法を探りましょう」

「九尾の狐を神として祀ったみたいに？」

「そうです！　そのためには、きっと、たくさんの味方が必要になると思います」

今回、両親の協力がなかったら、絶対に解決できなかっただろう。ハムスター式神達の協力だって、ありがたいものだった。

「今度、長谷川家のほうにも、報告しておくよ。だいたいの事情は連絡しているけれど、詳しい話はしていないから」

「そのほうが、いいのかもしれません」

今回は偶然にも、母方の祖父が解決の糸口を発見してくれた。けれども、毎回上手くいくとは限らないのだ。

私達は九尾の狐というとんでもない存在を、神として祀ることとなった。不測の事態を想定し、頼りにできる人はひとりでも多いほうがいい。

「私は、義彦叔父さんに話してみようと思っています」

「あの、永野さんにマジカル・シューティングスターをくれたっていう？」

「ええ。怪異との共存を考える、永野家の中でも私の考えに近い陰陽師なんです」

一生懸命考えるが、義彦叔父さん以外頼れる相手が思いつかない。叔母の織莉子は、怪異は祓うべきだと考える人で、どちらかと言えば過激派だ。

「それに、叔母の結婚相手は陰陽師ではなくて。きっとそれが、弱点になると思うんです」

今になって、陰陽師は陰陽師と結婚するべきであるという考えの真意に気づく。もしも怪異が絡んだ危機が迫ったとき、陰陽師であれば自身を守ることができるのだ。それが一般人であれば、無抵抗のまま蹂躙《じゅうりん》されてしまうのだろう。現に、ホタテスター印刷の事件で、叔母は一般人である夫を庇《かば》って倒れた。永野家最強とも言われた叔母だが、弱みは明確である。

一般人を巻き込んではいけないというのも念頭に置いて、行動しなければならない。

「味方を作るというのは、難しいね」

「ええ」

九尾神を祀る場所についても、考えなくてはならない。このままマンションの一角で、というわけにはいかないだろう。きちんとした神聖な場所に安置しなければならない。ただ、受け入れ先があるとは思えなかった。なんせ相手は、殷の時代――日本でいえば縄文時代から生きる元九尾の狐なのだから。

「この辺の問題は、あとでゆっくり考えましょう。今は、九尾の狐を祓えたことを喜ばなくては」

「そうだね」

「あの、何か体に異変とかありませんでしたか？」

長谷川係長を覗き込むと、ゆっくり鯛焼きを掲げる。

「鯛焼きがどうかしたのですか？」

「なんだか、ぜんぜんおいしくなくって」

「だから、さっき鯛焼きを口にしていたとき、渋い顔をしていたのですね」

「ちょっとというか、かなりびっくりしたんだけれど」

味覚に変化があったようだ。先ほど、出発前に両親と一緒に食べたカボチャプリンパイは普通においしく食べていたらしいが。

「たぶん、永野さんの作った菓子しか受け付けない体になっているんだと思う」

「それはそれは……なんとも不幸な」

「いや、もともと永野さんが作った菓子以外はほとんど食べなかったから、大きな問題ではないのだけれど。でも、こうやって外で甘いものを食べて、永野さんとおいしさを共有できないのは不幸だなって思った」

長谷川係長は悲しそうに、食べかけの鯛焼きを見つめていた。

「うっ！」

「ど、どうかしたのですか？」

「今、九尾神の声が聞こえて」

「な、なんとおっしゃっていたのですか？」

「この食べかけの鯛焼きをよこせ、と」

「会話、まさかの筒抜けですか？」

「そうみたい」

お土産に鯛焼きを買って帰宅したほうがいいのだろう。早く食べさせろと言う姿が、脳裏に浮かんでしまった。

「永野さん、帰ろうか」

「はい」

いろいろと問題は山積みだけれど、これまでも長谷川係長と乗り越えてきた。

今後も大丈夫だと、楽観しているわけではない。けれども、人と人だけでなく、怪異とも縁を繋ぐことによって、事態はいい方向へ傾いていた。

今世こそは、絶対に幸せになる。それは、いつの間にか目標となっていた。

差し出された手に、指先を重ねる。この手を、絶対に離してはいけない。

これまで以上に、強く思った。

番外編

ジョージ・ハンクス七世の修行

ある日、俺はハムスター式神仲間のマダム・エリザベスに『ジョージ、あなたはこのままだと絶対に、役立たずの式神となりますわ』、と宣言された。

それは前々から自覚していた。長谷川とも契約を結んでいたものの、あいつは暴走していることが多いので、俺を使役する余裕はまったくなかった。

マダム・エリザベスは、さらにとんでもない発言をする。

俺との契約を解除して、遥香はサポート系の新しいハムスター式神を迎えたほうがいいのではないか、と。

たしかに、戦闘系である俺と遥香の相性はすこぶる悪い。けれども、契約を解除はしたくない。

遥香がどう思っているかはわからないが、俺はずっと遥香と共にいたい。

ただ、いつか確実に遥香の足を引っ張るような存在に成り下がってしまうだろう。

どうすればいいのか、考えてもわからなかった。

ひとまず、ひとりで滝修行に出たり、ハムスター道場破りをしたりと、強さを極めてきた。けれども、いつまで経っても成果は得られなかった。

このままではいけないだろう。

契約を解除するという事態は絶対に避けたい。

悩んでいる最中に、事件は起こる。長谷川に取り憑いた九尾の狐が、遥香を花嫁にしようとしたのだ。

そんなことなど、絶対に許さない。それだけではなく、九尾の狐は長谷川までもバカにした。一発殴らないと、気が済まない。

そう思って攻撃を仕掛けたが、拳は届かなかった。結果、遥香を苦しませることになる。

癒やしの能力を持つ遥香は、攻撃しようとすると拒絶反応が出るのだと以前話していた。忘れていたわけではないが、頭に血が上って判断能力が低下していたのだろう。

このままではいけない。そう思い、マダム・エリザベスのもとを訪問して頭を下げる。

『マダム・エリザベス。どうか、遥香のもとで役に立つ方法を教えてくれ』

『あらあら。血気盛んなあなたが頭を下げるなんて。明日は、空から槍が降ってくるのではありませんこと？』

『冗談じゃない。真面目に言っているんだ。どうか、頼む！』

マダム・エリザベスはスッと目を眇《すが》め、俺を見つめる。

『本気ですのね？』

『ああ、本気だ』

『でしたら、戦える方法を伝授いたします』

まず俺達式神は、陰陽師と契約することによって、大きな力を得る。

『わたくし達式神の三分の二ほどの力は、陰陽師からの恩恵とも言えます』

主人となる陰陽師が強ければ強いほど、式神の能力も高まっていく。ただその能力が最大限に発揮されるのは、使役される時のみ。

勝手に行動すれば、能力はがた落ち。さらに、契約で繋がった主人にもダメージがいくのだ。だから、俺達式神は慎重に行動する必要がある。

『ジョージ、あなたが能力を発揮するためには、一時的に契約破棄した状態で、戦えばいいのです』

『そんなこと、できるのか？』

『ええ、できますわよ。式神が能力を使ったら、契約者にも負担がかかるので、実力がある式神はその裏技を使っているのです』

『だったら、それを早く教えてくれ！』

『楽なことではありませんわよ』

『遥香のためだ。やり遂げてみせる』

『わかりました。では、あなたに伝授しましょう』

こうして、マダム・エリザベスとの修行が始まった。

契約の一時的な破棄は、ごくごくシンプルでわかりやすいものだった。けれども大変なのは、契約を破棄してから。

『な、なんだこれは!?』

遥香との繋がりがないだけで、体がふらつき、拳を突き出すことすらままならない。

これが、契約も何もない状態の式神だという。

マダム・エリザベスはこの状態で、戦闘を極めるのだと言うのだ。

まずは、体力作りから始まる。彼女の契約主である義彦の部屋を、駆け回った。

最初は部屋を一周回るだけでも、息が上がって苦しかった。けれども、回数を重ねるうちに体力がついていった。しだいに、余裕がでてくる。

基礎的な体力が身についたら、今度は俊敏さを上げる修行を開始した。マダム・エリザベスが繰り出す拳を、ひたすら回避する。たまに、避けきれなくて正面で受け止めるときもあった。

『へぶっ!!』

俺の体は弧を描いて飛び、美少女の抱き枕に着地する。

『ジョージ、集中力が欠けています。しばし、休憩にしましょう』

『ああ』

驚いたことに、マダム・エリザベスは契約の一時的な破棄後の修行をすでに終えているらしい。式神界では、主人に負担をかけさせないために皆修行をしているのだという。

『どうして教えてくれなかったんだよ』

『これは、望んでいない者に教える技術ではありません。他の式神に相談し、習うものなのです。わたくしも、そうでしたから』

『そうだったのか』

自分ひとりで能力を高めるだけではダメだったようだ。今一度、マダム・エリザベスに頭を下げる。

『頼む、強くなりたいんだ!』

『ジョージ、わかっていますわ。手は抜きませんので』

『お、おう』

以降、過酷な実戦が始まった。

手を貸してくれたのは、マダム・エリザベスだけではなかった。

火属性の呪術を得意とするミスター・トムは、防御についての修行に付き合ってくれた。

『ほらほらジョージ、そんな動きでは、攻撃を受け流せないよ』

『ク、クソー!!』

ルイ＝フランソワは受け身の修行に手を貸してくれる。

『背負い投げでしゅ！』

『どわー！』

モチオ・ハンクス二十世は遠隔攻撃について指導してくれた。

『……ここで、投擲《とうてき》』

『どりゃー！』

『……ジョージ、ノーコン。才能ない』

『まだまだ!!』

皆のおかげで、これまで以上に力が付いた。感謝してもしきれない。

◇◇◇

ある日の夕暮れ——遥香は残業で帰宅が遅くなる。桃谷が家まで送ってくれると言ったが、丁重に断った。

「ジョージ・ハンクス七世がいるから大丈夫だよ」

「でも永野先輩のハムちゃん、弱いじゃないですか」

「弱くない。ジョージ・ハンクス七世は強いんだから！」

鞄の中で、じーんと感動する。遥香は俺のことを、よく理解してくれていた。最高の相棒だ。

夜の帰り道——遥香が俺にだけ聞こえるような声で囁く。

「ジョージ・ハンクス七世、なんか、背後から誰かがついてきているような気がするんだけれど」

確認してみたら、たしかにいた。遥香が曲がったら男も曲がり、立ち止まったら男も立ち止まる。走ったら、男も走って追いかけてきた。確実に、遥香狙いの変態だろう。